[美]杰弗里·罗森 著
李磊 译

CONVERSATIONS WITH
RUTH BADER GINSBURG
ON LIFE, LOVE, LIBERTY, AND LAW

金斯伯格访谈录

RBG
给未来世代的声音

JEFFREY ROSEN

外语教学与研究出版社
北京

雅众文化 出品

献给我至爱的母亲

埃斯特尔·罗森

1933 年 4 月 8 日—2019 年 1 月 27 日

即使长大成人，失去至亲也是一种难以承受的损失。但如果你能继续做好自己的工作，过好自己的日子，在生活的挑战和快乐中茁壮成长，那么这就是你能对母亲所致的最高敬意了。而且这不也正是她之所愿吗？

——鲁斯·巴德·金斯伯格大法官

目录

引言 001

一 她的标志性案例 021
二 两性平等的婚姻 037
三 罗伊案 053
四 《人权法案》与平等保护 069
五 法坛姐妹 091
六 尼诺 109
七 两位"酋长" 123
八 一个异议引发的模因 135
九 她想推翻的案件 155
十 谨慎行动 171
十一 "我也是"和一个更完美的同盟 187
十二 玛格丽特·阿特伍德遇见金斯伯格 205
十三 英雄的遗产 219

附注	235
引用案例及原注	237
译名对照表	257
致谢	281

引言

我一生中最幸运的一段友谊始于一次电梯里的邂逅。那是1991年我第一次见到鲁斯·巴德·金斯伯格,当时我还是美国哥伦比亚特区巡回上诉法院(下亦简称特区上诉法院)的一名年轻的法官助理,她则是该院的法官。我碰到她时,她正从一个叫"爵士操"的健身班往回赶。她的气质让人敬畏,在我们乘电梯的时候,她一直保持着斯芬克斯式的沉默,不认识她的人可能会误以为她有些冷傲。

我想打破沉默,但又不知该说些什么,于是问起她最近看过哪些歌剧。我当时并不知道她是个歌剧迷,但这似乎是个比较稳妥的话题。我们很快就因为对歌剧的共同爱好而建立了联系,并由此开启了一场持续至今的音乐对话。

一年后，我被聘为《新共和》的法律事务编辑。这是另一个幸运时刻：在28岁的年纪，我获得了梦寐以求的工作，为一家华盛顿的杂志社撰写有关法律和最高法院的文章，这家杂志社的法务撰稿人包括一些宪法学上的传奇人物，比如勒恩德·汉德[*]、费利克斯·法兰克福特[†]和亚历山大·比克尔[‡]。金斯伯格和我开始在通信中谈论起我最初发表在《新共和》上的一些文章和她最近看过的一些歌剧。1992年的总统大选结束后，我给她寄了一篇文章，其中指出安东尼·斯卡利亚大法官[§]对那位即将上任的民主党总统[¶]和国会而言已经成了"反对派的领袖"，她圆滑地回复道："这篇有关我那位大法官朋友的文章很精彩。"几周后，也就是1993年1月21日，她在看了我的一篇文章——那篇文章跟华盛顿国家歌剧院上演的一部平淡无奇的歌剧《奥泰罗》有关——后回应：

> 如果你和哪位朋友有空的话，希望你们能来

---

[*] 比林斯·勒恩德·汉德，美国法官、法学家，他的话曾被法学学者和美国联邦最高法院大量引用，著有《自由的精神》等。（本书脚注如无特别标注即为译注。）

[†] 费利克斯·法兰克福特，奥地利裔美国律师、教授、法学家，曾任美国联邦最高法院大法官（1939—1962），提倡司法克制。

[‡] 亚历山大·莫迪凯·比克尔，美国宪法专家、法学教授。他是20世纪最有影响力的宪法评论家之一，主张司法克制。

[§] 安东尼·格雷戈里·斯卡利亚，美国律师、法学家，美国联邦最高法院大法官（1986—2016）。他曾在美国法律界掀起了一场原旨主义和文本主义的运动，被认为是20世纪最有影响力的法学家之一。

[¶] 此处的总统即比尔·克林顿。

看 2 月 17 日周三的《图兰朵》*排演。这次演出没有预告,不过座位就在过道前面……今年秋天还有另一部歌剧——《沙皇的新娘》,我宁愿你看的是这个而不是《奥泰罗》。这部歌剧也许能让人们对华盛顿国家歌剧院产生些善意的看法。

我去看了《图兰朵》的排演,并对她赠票给我表达了谢意,此后她去看了开幕演出,而且在 2 月 25 日的一封信里跟我分享了她的看法:"《图兰朵》是一部宏大的歌剧。特别是第一幕的合唱,在我昨晚观看的演出中尤为壮观。女高音伊娃在演唱时嗓音非常饱满,卡拉夫在演唱《今夜无人入眠》时的表现比我预想的还要好。†很高兴你能有机会在更明亮的光线下和更舒服的座位上观看本地剧团的演出。"

她还在这封信里对我寄去的一篇文章作出了回应,我在该文中称赞了戴维·哈克特·苏特大法官‡,但批评了以他心中的英雄约翰·马歇尔·哈伦二世大法官§为中心而发

---

* 《图兰朵》是意大利作曲家贾科莫·普契尼的最后一部歌剧作品,讲述了一段西方人想象中的中国传奇故事。
† 卡拉夫(Calaf)是剧中的鞑靼王子,在答对公主图兰朵的三个谜语并历经考验后成功迎娶了公主。《今夜无人入眠》是该剧中最著名的一段咏叹调。
‡ 戴维·哈克特·苏特,美国联邦最高法院大法官(1990—2009),他是由共和党总统老布什在仓促间任命的自由派大法官。
§ 约翰·马歇尔·哈伦二世,美国法学家,美国联邦最高法院大法官(1955—1971),通常被视为保守派。

展起来的"哈伦崇拜",后者是沃伦时代*的一位温和保守派法官,最高法院的自由派和保守派都将他视为司法克制†的典范。

很欣赏你对苏特大法官的评论,但我认为你对哈伦大法官的赞誉比他应得的要少。我敬爱的老师和朋友杰里·冈瑟‡就非常尊敬哈伦,因为他几乎总是能充分地向我们说明他的立场,没有伪装,也不会大张旗鼓。一个典型的例子就是他在韦尔什诉美国案§中撰写的协同意见¶,这些意见在我从事平权辩护的那段日子里给我提供了莫大的助力。

金斯伯格引用1970年的韦尔什案,不但显示了她作为一名辩护律师的战略眼光,也体现了她作为一名法官对哈

---

* 即厄尔·沃伦担任美国首席大法官的时期(1953—1969)。
† 司法克制认为法院应是寻求救济的最后手段,与司法能动主义相对。
‡ 杰里·冈瑟即杰拉尔德·冈瑟,美国德裔宪法学者,斯坦福大学法学院教授,曾任教于哥伦比亚大学,杰里(Gerry)是其昵称。
§ 韦尔什诉美国案(下文中亦称"韦尔什案"),1964年,美国青年艾略特·韦尔什以违背自己的良心为由拒服兵役,后由此获刑。1970年,最高法院接到上诉后作出了支持韦尔什的裁决,布莱克大法官的裁决意见认为因良知而拒服兵役者的身份可适用于"那些因根深蒂固的道德、伦理或宗教信仰而在良心上不愿让自己成为战争工具的人",并从此扩展了因信仰而免服兵役的范围。
¶ 如果判决投票中多数方的某些大法官同意判决结论,但不同意论证的理由,或者想就具体论据发表个人观点,就可以撰写协同意见加以说明。

伦的明晰度的尊重。在那份意见书中，哈伦认为对违宪行为的补救办法无非是扩展或废止：换言之，如果法院判定某一法律因偏袒某一特定群体而违宪，那么它既可以废止相关的歧视性法律，也可以将其受益者扩展至那些遭排斥的群体。金斯伯格在1979年的一篇法律评论文章中就援引了哈伦在韦尔什案中的意见，这篇文章名为《对司法权补救违宪立法的一些思考》，她在其中解释说，在某一性别因偏见性刻板印象而受到排斥的那些案件中，作为辩护律师，她曾数度请求最高法院将社会保障和公共援助扩展至男女两个性别，而韦尔什案的这份意见让她颇受激励。[1] 韦尔什案也为她赢得的首宗性别平等案——莫里茨诉国税局局长案*——提供了策略，该案如今已因2018年上映的电影《性别为本》而名垂青史。在莫里茨案中，她成功地说服了一家联邦上诉法院，将以往只有那些要照顾依亲父母[†]的未婚女性才能享受的税收优惠，扩展到了同等处境下的未婚男性。

在这封友好来信的鼓舞下，我在3月15日为金斯伯格法官的60岁生日送上了一束鲜花，三天后，她用一张手写的卡片回复道："这束鲜花为我花甲之年的首次开庭增色不少，它让我想到了这个周末的春色。"她还说自己刚看了亚纳切克[‡]的《狡猾的小狐狸》的一场彩排："没有邀请你跟我

---

*　下文中亦称"莫里茨案"。——编注
†　依亲父母（dependent parents），需要子女赡养的父母。
‡　莱奥什·亚纳切克，捷克作曲家。

的助理团队去观看3月10日中午在华盛顿国家歌剧院举办的'小狐狸'的彩排,懊悔万分。向你致以诚挚的谢意,金斯伯格。"

3月20日,拜伦·怀特大法官[*]从最高法院退休。金斯伯格是有可能接替他的几位候选人之一,但她的提名遭到了一些女性团体的反对,她们认为她够不上自由派;因为在罗伊诉韦德案[†]中,她对最高法院所作的堕胎权裁决中的法律推理提出过批评,尽管那项裁决具有里程碑式的意义。

4月下旬,我为《新共和》撰写了一篇题为《名单》的文章,按升序对七位领先的候选人进行了排名,并以金斯伯格作为最终人选。对于比尔·克林顿总统的那份候选人名单,我写道:

> 在所有候选人当中,金斯伯格是自由派和保守派两方最为尊重的人选。她对罗伊案的审慎立场为克林顿在这场决定性的考验中斩断戈耳狄俄斯之结[‡]提供了一个绝佳机会,在备忘录和会议上,她也是最有可能赢得摇摆不定的大法官们支持的候选人。金斯伯格唯一需要担心的就是她和那些

---

[*] 拜伦·雷蒙德·怀特,美国联邦最高法院大法官(1962—1993),曾任美国司法部副部长。
[†] 下文中亦称"罗伊案"。——编注
[‡] 戈耳狄俄斯之结(Gordian knot),传说中难以解开的绳结,解开者将成为亚细亚之王,后被亚历山大大帝一剑斩断。

含糊其词的中间派可能过于亲密了。不过尽管她愿意在一些次要的细节上妥协,其核心立场——广泛的法院申诉途径、宗教自由、言论自由以及性别平等——仍是以自由主义为原则的典范。金斯伯格受到的提名将是自费利克斯·法兰克福特受提名以来最受赞誉的提名之一,而后者曾在1960年拒绝将金斯伯格聘为助理,理由是他并不准备聘用一个女人。现在,我们准备好了。[2]

此前几周,尽管我当时并不知情,但金斯伯格法官的丈夫马蒂·金斯伯格实际上已经开始了一场低调的游说活动,他希望能说服纽约州参议员丹尼尔·帕特里克·莫伊尼汉支持金斯伯格。莫伊尼汉最初还举棋不定,后来则开始享受起与同僚——马萨诸塞州参议员爱德华·肯尼迪一较长短的机会;肯尼迪当时支持的是自己家乡的候选人——联邦上诉法院法官斯蒂芬·杰拉尔德·布雷耶*,后者坐镇波士顿。莫伊尼汉在1993年6月21日给我的信中写道:"第一次和总统谈话时我肯定已经看了你的社论,而且对此有所考虑。另一方面,到6月8日那一周时,总统无疑已将选择范围缩小到了三名候选人:布雷耶法官、吉尔伯特·梅

---

* 斯蒂芬·杰拉尔德·布雷耶,美国律师、法官,1994年被克林顿提名为最高法院大法官,自由派。

里特法官*和内政部长布鲁斯·巴比特†。然后金斯伯格法官突然又出现了。"

莫伊尼汉后来又写了一封未公开的信,并且传真给《新共和》,其中讲述了他此后所扮演的角色。

> 1993年5月12日,我和总统以及(他的助理)哈罗德·伊克斯和戴维·威廉一起飞往纽约。航程经过三分之二的时候,总统把演讲稿放到一边,转身对我说:我应该提名谁来担任最高法院大法官?我说那肯定只有一个名字,鲁斯·巴德·金斯伯格。他说女人们都反对她。我说这也是提名她的另一个理由。她们对她在纽约大学所作的麦迪逊演讲感到愤愤不平(她在演讲中批评了罗伊诉韦德案中的推理),但她无疑是对的。话题结束。
>
> 一个月后的6月11日,我在电话里和(白宫通讯主任)戴维·格根谈了一些事,几乎是在谈完了以后,他才问我希望看到谁进入最高法院。我跟他讲了我和总统的谈话。与此同时,我收到了时任哥伦比亚大学校长的迈克尔·索文写给总统的一封信的副本,他在信中提到了欧文·格里

---

* 吉尔伯特·斯特劳德·梅里特,美国律师、法学家,美国第六巡回上诉法院法官。
† 布鲁斯·爱德华·巴比特,美国律师、政治家,1978年至1987年任美国亚利桑那州州长,1993年至2001年任美国内政部长。

斯沃尔德院长于最高法院搬入新楼50周年之际在最高法院发表的一次演讲。格里斯沃尔德院长提到了各种各样的活跃于这一时期的最高法院出庭律师协会成员。他特别注意到了种族平等领域的瑟古德·马歇尔*和性别平等领域的鲁斯·巴德·金斯伯格。格根问我能不能把那篇演讲稿寄给他。碰巧我的助理埃莉诺·森图姆有个妹妹就在最高法院工作，而且还曾在最高法院的图书馆工作过。在我不知情的情况下，埃莉诺给她妹妹打了个电话，演讲稿在一个小时内就传真过去了……第二天午夜后不久，在看完一场篮球比赛后，总统打电话问我愿不愿意支持鲁斯·巴德·金斯伯格。[3]

1993年6月14日，比尔·克林顿提名鲁斯·巴德·金斯伯格为最高法院大法官。金斯伯格法官慷慨地将其归功于我在《新共和》上的那篇文章，她认为是那篇文章帮她冲过了终点线。金斯伯格在她6月18日给我写的信中说："是你让这个念头扎了根，我会努力让它发展壮大的。"这篇文章其实只是机缘巧合罢了，我只是在正确的时间出现在了正确的地点，加入了金斯伯格的朋友及其仰慕者的行列，我们为结识她感到荣幸，自发而异口同声地推荐她。

---

* 瑟古德·马歇尔，第一位担任美国联邦最高法院大法官（1967—1991）的非洲裔美国人，一生致力于种族平等事业。

在接下来的 25 年里，我与金斯伯格大法官保持着亲切却时断时续的通信。她有时会在赞成或不赞成我的某篇文章时给我来信，有时也会给我发来一部特别有趣的歌剧的邀请函。（我们在这方面有个乐此不疲的老哏，那就是她喜爱的任何一场华盛顿国家歌剧院的演出"可能都配不上你的高端标准"。）

比如 1993 年 9 月 24 日，金斯伯格在她首次在最高法院听审前的一周半，就给我发了一份华盛顿国家歌剧院上演的《安娜·博莱纳》*的邀请函，并补充道：

> 如果我对塞缪尔·巴伯†的作品有更多了解，我肯定会和你一起去欣赏他的作品。现在演出厅内的状况很好，但还要等几个星期。到 11 月底，新地毯应该就铺好了，房间应该重新粉刷过了，从当地博物馆借来的艺术品也应该就位了。
>
> 我随函附上了一本不太知名的杂志——1993 年的《布里尔利学校夏季简报》里的一页，你有空时可以一读。

这本刊物复印了她的女儿简在多年前的高中毕业纪念

---

* 《安娜·博莱纳》是意大利作曲家多尼采蒂以都铎王朝为背景创作的三部歌剧之一，讲述了英王亨利八世与安娜·博莱纳和珍·西摩这两位王后之间的情感纠葛。
† 塞缪尔·巴伯，美国作曲家。

册中写下的一页,其中宣告了简的"理想:看到她的母亲被任命为最高法院大法官",而且"到头来可能会:任命她的母亲为最高法院大法官"。

翌年,哈里·布莱克门*辞去了大法官职务,克林顿总统提名斯蒂芬·布雷耶接任。7月22日,金斯伯格"作为新近的家庭订户(至少是订户的配偶)"给我来信,谈到了她对我最近发表在《新共和》上的两篇文章的想法:一篇是关于布雷耶的,另一篇则与她的法学院导师杰拉尔德·冈瑟新撰写的一本勒恩德·汉德的传记有关。她写道:"杰里是我在哥伦比亚大学时的老师,那以后也一直是我的朋友。史蒂夫†则既善良又真实。"她接着又说:

> 汉德很善于用词,我并没有被他那些不怎么让人欣赏的品质分心,包括他不愿考虑让我(或其他任何女性)担任助理。从1959年到1961年,也就是我在纽约州南区联邦地区法院工作的那些日子里,有时我下班比较早,晚上帕尔米耶里法官‡开车送这位伟人回家时,我就会坐在后座上。我喜欢汉德的朗诵和演唱,尤其是他表演的吉尔

---

* 哈里·安德鲁·布莱克门,美国律师、法学家,1970年至1994年任美国联邦最高法院大法官。他是罗伊诉韦德案的意见撰写者,该意见废止了州和联邦政府的堕胎限制令。
† 史蒂夫,斯蒂芬的昵称。
‡ 埃德蒙·路易斯·帕尔米耶里,美国纽约州南区联邦地区法院法官。金斯伯格曾担任他的助理。

伯特和沙利文的剧目*。杰里的书正如我所愿,是的,精彩至极。

我的歌剧新闻。7月17日,我们在格林德包恩庄园观看了《唐·乔瓦尼》的演出。†这个地方很美,管弦乐队和演唱者也是一流的。只是这部作品(病态的现代版)有失水准。

在信的末尾,她提到了最高法院最近刚作出裁决的两起案件,这两起案件让她尤感共鸣。第一起是伊巴涅斯诉佛罗里达商业和职业监管部案,在该案中,金斯伯格为最高法院的多数方撰写了意见,裁定佛罗里达州侵犯了美国宪法第一修正案赋予西尔维娅·萨维尔·伊巴涅斯的权利。伊巴涅斯是一名律师和注册执业会计师,尽管她供职的机构没有取得那家落伍的官僚机构——佛罗里达州会计委员会的许可,但她宣称自己是一名注册执业会计师这一点是诚实的。伊巴涅斯让金斯伯格颇受触动,前者从中佛罗里达大学会计讲师的工作中抽出时间,成功地在最高法院的这起案件中为自己作了辩护。伊巴涅斯还是一位多才多艺的演唱者,她曾在梵蒂冈和卡梅拉塔合唱团献唱,这一点

---

* 吉尔伯特和沙利文的剧目,即英国维多利亚时代幽默剧作家威廉·吉尔伯特和作曲家阿瑟·沙利文合作的剧目。
† 《唐·乔瓦尼》,莫扎特歌剧作品,讲述西班牙贵族唐·乔瓦尼在仆人莱波雷洛的帮助下四处惹是生非,诱惑各国妇女,最终得到了应有的报应。格林德包恩庄园为英国歌剧艺术重镇,每年度举办格林德包恩歌剧节。——译注加编注

可能也吸引了金斯伯格。[4]我很快就了解到，金斯伯格对女性的这些生活细节的关注正是她处理案件的特色，她始终聚焦于现实世界的挑战之上，这些挑战是试图界定自己生活道路的男性和女性个体都在面对的。

第二起案件是拉茨拉夫诉美国案，该案不但展现了金斯伯格对公民自由意志主义的敏感，也显示出她对于法律在人们现实生活中的实际运作方式的关注。沃尔德马·拉茨拉夫欠下了16万美元的赌债，他企图用现金偿还其中的10万美元，因此被控违反了报告法。他声称自己并不知道法律要求他必须向财政部报告所有1万美元以上的现金交易，因此不应为没有报告而担责。金斯伯格为5比4票的裁决撰写多数意见时对此表示赞同，她认为要证实拉茨拉夫"蓄意违反"报告法，政府必须证明他知道自己的行为是非法的，而且要有违法的特定故意*。代表四名持异议者撰写意见的布莱克门大法官则认为对法律的无知并不能为其辩护。美国第二巡回上诉法院资深法官皮埃尔·勒瓦尔在给金斯伯格的信中也称赞了这一裁决，他说自己总是会告知陪审团，"蓄意"一词的意思是"出于不良目的而违背或无视法律"。他特别提到自己在前一年受理的一起涉及两姐妹的案件，这两姐妹是哥伦比亚公民，从事房屋清洁工作，生活比较贫困。在数个月的时间里，她们在姐夫那里寄存了总计12万美元的存款。姐妹俩作证说她们并不

---

* 特定故意，又译确定故意，指实施一种会遭指控的明确违法行为的意图。

知道自己的行为是非法的。勒瓦尔认为她们并无非法目的，因此判她们无罪。和金斯伯格一样，勒瓦尔关注的也是宪法裁决给人——那些努力维持着生计的活生生的人——的生活带来的实际影响。

1997年，《纽约时报杂志》邀我为最高法院的"自由主义新面孔"——金斯伯格大法官写一篇传略。我去信请她接受采访时，她委婉地表示了拒绝。她写道："和斯佳丽一样，我明天再考虑吧。"* 接着她又发来一张手写的便签："亲爱的杰夫†，回复《纽约时报杂志》，请不要做这次采访。看看文件袋里的东西。现在就直接拒绝吧，我会在2010年接受你的独家采访。多谢了。金斯伯格。"随附的蓝色文件袋里有一些写给记者琼·比什库皮奇和法学教授亨特·克拉克的信，信中拒绝了他们进行深度访谈的请求，理由就像金斯伯格在1995年对克拉克所说的那样："我认为现在就把我当成传记的合适题材……还为时过早。这只是我开始这份奇妙工作的第三个年头，可以料想我笔下有很多重大的工作尚未出现……2003年或许可以考虑开始讲述我的生活。此外还存在超负荷的问题……我必须小心地节省时间，去完成法庭繁重的工作，同时也要保证充足的睡眠时间。"

尽管如此，我还是坚持要写《纽约时报杂志》的这篇

---

* 出自小说《飘》结尾处斯佳丽·奥哈拉（Scarlett O'Hara）所说的一句话。
† 杰弗里的昵称。——编注

文章，金斯伯格也为我提供了一个独特的解决方案，她给了我完成这篇文章开场所需要的权限，但又不至于要她来接受采访。她邀请我去她的办公室，让我随便参观，想看多久就看多久。到了约定的那一天，金斯伯格在简短地问候了我几句之后就直接消失了。以下是我对那次不同寻常的经历所作的记录。

发现只剩我一个人之后，我略带尴尬地查看了她的书架。有很多民事诉讼方面的书；但也有数量惊人的关于当代女权主义的通俗读物，包括黛博拉·坦纳的《朝9晚5谈话录》，以及安妮塔·希尔和艾玛·乔丹的《美国的种族、性别与权力》。还有一块专供普契尼*的圣地，上面贴着20世纪初的新艺术派海报。不久，金斯伯格大法官的秘书走了进来。她接到了大法官从车里打来的电话，说让我特别留意一张照片。照片上是她的女婿和年幼的外孙。大法官想让我知道，这就是她对未来的梦想。

我当时以为这句话不过是天伦之乐一类的陈词滥调；但后来我意识到，金斯伯格大法官可能是微妙地表达了自己对性别角色转变的看法。我

---

* 贾科莫·普契尼，意大利歌剧作曲家，代表作有《波希米亚人》《托斯卡》和《蝴蝶夫人》等。

想起她进入最高法院后不久,就像新晋大法官们传统上所做的那样,也在接受最高法院的通讯刊物《待审案件表》的采访时作了自我介绍。最高法院公共信息官托尼·豪斯问她,为什么她会同意给自己的一名法官助理戴维·波斯特安排弹性的日程。金斯伯格回答说,波斯特申请助理职位时,白天要照顾两个年幼的孩子,这样他太太才能保住一份要求极高的经济学家的工作。"我想,'这就是我梦中的世界该有的样子',"金斯伯格激动地说,"当父亲在照顾孩子方面肩负起同等的责任时,女人才能真正获得解放。"[5]

《纽约时报杂志》的那篇传略有两个疏忽引发了关注。第一个疏忽与文中描述的我和金斯伯格大法官此前在华盛顿国家歌剧院的一次对话有关,当时正是莫扎特的一部作品《女人皆如此》(Così fan tutte)演出的幕间休息时间。这部歌剧讲的是两个男人为他们的女友是否忠贞不渝打赌。他们乔装打扮,最终发现女人们并不忠诚。[*]为了增添女权主义色彩,导演建议让这两个女人无意中听到这场赌局,然后干脆假装不忠。我向金斯伯格大法官提到这不符合18世纪的性别双重标准,而且这在剧名的一个传统翻

---

[*] 在原作中,这两个男人谎称要到前线作战,实则转身就伪装成异国绅士,向彼此的未婚妻示爱,以测试她们对爱情的忠诚度。

译中就有所反映:《永远不要相信一个女人》(*Never Trust a Woman*)。金斯伯格回应说,意大利语的剧名用的是第三人称复数。她认为翻译成《他们都如此》(*They Are All Like That*)会更加准确。因此没有理由认为莫扎特及其词作者洛伦佐·达彭特*都认为女人比男人更值得或更不值得信任。

尽管将金斯伯格对莫扎特的热爱与她对性别平等的承诺相联结是一种令人钦佩的尝试,但事实证明这个说法并不完全正确。文章发表后,金斯伯格从全国各地的音乐爱好者寄给她的大量信件中挑了一封寄给我,信中提到意大利语中 "*tutte*"(所有女人)的词性是阴性,不同于阳性的 "*tutti*"(所有男人)。就像哈佛大学的一位音乐学家给金斯伯格的信中所说的那样:"与英语不同,意大利语中第三人称复数的末尾是有性别区分的……所以更准确的翻译应该就是'女人皆如此'。"她幽默地称这封信是"我最好的一件意大利藏品"。

第二个疏忽完全是我的责任。民族主义保守派评论员帕特·布坎南[†]在1996年总统竞选期间曾抨击金斯伯格是一

---

* 洛伦佐·达彭特,意大利裔美国人,18世纪及19世纪著名歌剧填词家、诗人。他因和作曲家莫扎特合作完成了三部著名意大利语歌剧而知名,包括《费加罗的婚礼》《唐·乔瓦尼》和《女人皆如此》。
† 帕特·J.布坎南,美国保守派政治评论家、政治家。布坎南曾任美国总统理查德·尼克松、杰拉尔德·福特和罗纳德·里根的高级顾问。他在1992年、1996年和1999年曾谋求提名共和党总统候选人。

名司法能动主义者*，而在同年3月4日，金斯伯格给我和一位法学教授——也是她的前同事发来的回复都是："我很庆幸自己这么'保守'，你肯定会对帕特·布坎南把我放进他那份'黑'名单的前列感到好笑。我知道这都要归功于金斯伯格这个姓氏。不过我还是很荣幸能加入到这些好伙伴之中。"

在这篇文章中，我指出布坎南是本末倒置：从金斯伯格投票推翻的少量联邦法律来看，她就是最高法院里最克制的大法官。由于缺乏想象力，我在文中预测金斯伯格还将继续把自己界定为一名主张司法最低限度主义†的大法官，一名司法祭司，而不是一名司法先知："作为一名大法官，金斯伯格的这些品质很有可能使她永远都无法成为一名有远见的领导者——她的最低限度主义、她的法理学和个人克制，以及她对于避免宪法冲突而非加剧这类冲突的强调——可能会让她在这所充满分歧的最高法院中成为一名有影响力的首席大法官。"

事实证明我的预测是短视的。有机会任命下一任首席大法官的不是克林顿，而是小布什，这是布什诉戈尔案的结果，金斯伯格对其裁决表示遗憾。在首席大法官威廉·伦

---

* 司法能动主义主张法院在释宪时无须考虑立法者的立法意图，倾向于弱化遵循先例的原则。
† 司法最低限度主义认为稳定的联邦宪法符合每个人的利益，强调司法解释对先例的尊重，主张给出的司法解释应当在较窄的范围内适用，且应与先例的解释之间保持较小的差异。——译注加编注

奎斯特[*]和桑德拉·戴·奥康纳大法官[†]被首席大法官约翰·罗伯茨[‡]和塞缪尔·阿利托大法官[§]取代之后,最高法院开始右转;当约翰·保罗·史蒂文斯大法官[¶]于2010年退休时,金斯伯格成了资深的自由派大法官。在担当起这一新角色之后,她即将转型为那个"声名狼藉的RBG[**]"。和好友斯卡利亚大法官一样,她也成了一位富有远见的异见派领袖。

当金斯伯格在1993年被提名为最高法院大法官时,她曾被视为法官中的法官,一位司法最低限度主义者,因其对司法职能的克制态度而广受保守派的称颂(同时也受到了一些自由派的质疑)。在接下来的26年里,她成为我们这个时代最激励人心的美国偶像之一,而且如今也被公认为美国历史上最有影响力的宪法改革人物之一。作为一名法律记者、法学教授,以及费城国家宪法中心的新任负责人,我有幸观察到了这一转变,同时也在一系列的公开访谈和对话中向她询问了这一转变。这些访谈有很多是当众进行的。在接下来的对话中,金斯伯格始终不改本色——坦率、镇定、凝神、专心倾听,在回忆事实、法律论点、案

---

[*] 威廉·哈布斯·伦奎斯特,美国律师、法官,曾任美国首席大法官(1986—2005),保守派,晚年立场趋于温和。
[†] 桑德拉·戴·奥康纳,美国联邦最高法院首位女性大法官(1981—2006),温和保守派。
[‡] 约翰·格洛弗·罗伯茨,2005年就任第17任美国首席大法官,保守派。
[§] 塞缪尔·安东尼·阿利托,2006年就任最高法院大法官,坚定的保守派。
[¶] 约翰·保罗·史蒂文斯,曾任美国联邦最高法院大法官(1975—2010),温和自由派。
[**] RBG是金斯伯格名字的三个首字母缩写。

件及其背后的人间故事的细节时则让人大感惊讶。最重要的是，她总是深沉睿智，三思而后言（她所有的朋友和法官助理都学会了在问答之间的长时间停顿中安静地坐着，因为她正在这停顿之中不断整理自己的思绪）。对于她在担任大法官期间发生了转变的说法，她并不同意，并坚称最高法院已变得更加保守，而她在最高法院的角色也发生了变化，在成为资深的自由派大法官之后，她对某些多数意见和很多异议的分派都负有责任。尽管如此，20世纪70年代的"火热的女权主义者"（她自己是这样说的）和杰出战略家，改变了我们对性别平等之宪法理解的金斯伯格，已转变为一名20世纪80、90年代克制的司法最低限度主义者，决意在一般情况下让立法机构和舆论演进而非法院来推动社会变革。最近十年，她又结合了两样特质：一方面是她在辩护律师生涯里对自由平等的战略远见和奋斗激情，另一方面则是一种有原则的决心，那就是在民选议员的选择抵触宪法时，要捍卫法院在审查其选择方面有限却关键的作用。

以下的谈话记录经过了压缩和重新整理，以便按主题来组织，并由金斯伯格大法官亲手编辑，以确保内容的清晰和准确，不过大法官的每一句振奋人心的话都完全出自她本人。

一 她的标志性案例

作为美国公民自由联盟女性权利项目的联合发起人，鲁斯·巴德·金斯伯格在1972至1980年间曾力图让最高法院相信，那些表面上旨在造福或保护女性的立法，往往会产生适得其反的效果。出于这一原因，她选择为一系列男性原告代言，他们无法享有指定给女性的法定福利。这一富有远见的战略迫使最高法院阐明了一条性别歧视审查标准，它可以中立地适用于两性。金斯伯格的榜样是瑟古德·马歇尔，这位开路先锋式的辩护律师在1954年的布朗诉教育委员会案*中作出了成功的辩护，废止了校园种族隔离。作为全国有色人种协进会法律辩护基金会的创始人、首席理事兼律师，马歇尔贯彻了一种渐进的策略，即一开始为那些被实行种族隔离的法学院拒之门外的非洲裔美国人辩护，然后再去抵制影响更为广泛的其他公共教育机构的种族隔离措施。金斯伯格受到了马歇尔这一榜样的启发，她也决心采取渐进的行动。她代理的那些原告都是20世纪70年代的男性法官最有可能认同的原告。

金斯伯格常和我谈起她所谓的"糟糕的旧时代"里的案件，在那段时间里，最高法院一再地支持基于性别的区别对待，而那些案件都是她打算推翻的。在其中一起案件——1961年的霍伊特诉佛罗里达州案中，格温德琳·霍伊特被全部由男性组成的陪审团判定犯下了谋杀罪。针对这种基于性别的排斥女性的陪审员选任制度，霍伊特请女权律师多萝西·凯尼恩（她也是金斯伯格心目中的英雄之一）作为辩护人发起挑战，但未获成功。后来当金斯伯格给自己接手的第一宗最高法院案件——里德诉里德案撰

---

* 布朗诉教育委员会案，20世纪50年代，美国许多州和哥伦比亚特区的学校都在实施"隔离但平等"的种族隔离措施，黑人学生不得与白人学生同校就读。1951年，堪萨斯州托皮卡市的奥利弗·布朗代表上小学的女儿起诉该市教育委员会，理由是他希望女儿能在距家较近的白人学校就读，而不是到离家很远的黑人学校就读，但布朗的请求遭到白人学校和教育委员会的拒绝。联邦地区法院审理此案后认为两所学校基本设施条件相同，判布朗败诉。布朗随后上诉至最高法院。1954年，由厄尔·沃伦担任首席大法官的最高法院一致裁定教育领域不适用"隔离但平等"原则，并宣布公立学校的种族隔离措施违宪。下文中亦称"布朗案"。

写诉状时,她把凯尼恩和另一位先锋律师兼民权活动家保利·默里的名字都(作为共同作者)加了上去。

里德诉里德案涉及一对离婚的夫妇,萨莉·里德和塞西尔·里德,他们共同监护着养子理查德,也就是众所皆知的斯基普。* 一个周末,斯基普问母亲,他能否早点从父亲家回来,萨莉告诉他法律要求他待在那里,于是他就在绝望中开枪自杀了。[1] 萨莉悲痛欲绝,她申请成为儿子遗产的管理人,但爱达荷州的一家法院拒绝了她的请求,理由是州法律规定:在拥有同等管理权的人当中,男性必须优先于女性。在萨莉·里德一案的上诉过程中,金斯伯格是那份将性别歧视与种族歧视相提并论的诉状的主要执笔人,她指出爱达荷州的法律应该受制于和种族歧视同等的"严格审查"标准,因为性别和种族都是"先天而不可改变的"特征,"与才能或履行能力没有必然关联"。金斯伯格还辩称,由于塞西尔和萨莉的"处境类似",两人同样能够管理好遗产。1971年11月22日,首席大法官沃伦·伯格 † 为最高法院的一致裁决撰写意见,其中首次援引了宪法第十四修正案的平等保护条款,宣布基于性别的歧视无效,并由此废止了爱达荷州的这一法律。但这次胜利并不彻底。最高

---

* 理查德全名为理查德·斯基普·里德(Richard Skip Reed)。——编注
† 沃伦·厄尔·伯格,第15任美国首席大法官(1969—1986),于1969年接替厄尔·沃伦成为首席大法官。虽然他偏向保守,但在他任职期间,最高法院对堕胎、死刑、宗教机构和学校种族隔离等争议性问题都作出了进步性的裁决。

法院废止该法律的理由只是它强制实行了一种"任意的立法选择"，但并不适用于金斯伯格所认定的那种宪法要求的针对性别歧视的"严格审查"标准。

在另一起案件——弗朗蒂罗诉理查森案*中，金斯伯格辩称，女性军人的丈夫应该和男性军人的妻子享有同等的福利。亚拉巴马州蒙哥马利市一家空军医院的理疗师莎伦·弗朗蒂罗婚后惊讶地发现自己和空军的男同事们不同，她没有拿到军人婚后增加的住房津贴，男同事们可以声称自己的妻子是"受扶养人"，而不管后者是否真的要仰赖丈夫的资助。根据这一法律，女性军人只有在证明自己支付的生活费超过丈夫一半的情况下才能获得增加的住房津贴。

金斯伯格认为应该做的不是砍掉已婚男性的福利，而是应该将这一津贴扩展到男女两性，这延续了哈伦大法官在韦尔什诉美国案中的推理，即扩展和废止都是同样有效的补救措施。她还明确表示目前的政策是在惩罚女性服役人员的男性配偶。她的言辞辩论极为有力，以至于大法官们一次也没有用提问来打断她。1973年5月，最高法院推翻了这种性别上的区别待遇，很多大法官表示他们愿意让基于性别的分类接受严格的司法审查。尽管关于"严格审查"的第5次投票一直都未实现，但在1976年的克雷格诉

---

* 下文中亦称"弗朗蒂罗案"。——编注

博伦案*中,金斯伯格说服法院作出了妥协,让基于性别的歧视接受所谓的"中度审查"。这一标准对其审查对象的怀疑程度,仅略低于基于种族的歧视需要面对的怀疑。

作为辩护律师,金斯伯格最喜欢的一起案件是1975年的温伯格诉维森菲尔德案,这起案件的委托人是一名年轻的鳏夫,他未能享受到社保遗属福利,因为只有女性才有资格享受这些福利,而只有获得这些福利才能让他留在家中照顾幼子。这一法律貌似只歧视男性,但金斯伯格则成功地指出这种歧视实际上是一把"双刃剑":它基于男人要养家糊口和女人需要被照料的"陈旧刻板印象";而且法律虽要求女性缴纳与男性相同的社会保障税,但她们的家人从中享受的福利却更少。对此最高法院一致表示赞同。

多年以来,金斯伯格经常和我谈起她在美国公民自由联盟任职期间的那些标志性案件背后的人的故事。她认为自己做辩护律师不是要为抽象的原则而战,而是要为那些男女个体争一个公道,他们因性别歧视的法律而处于弱势地位。在讲述这些案件时,她总是会将法律专业的精确性和事实细节与对当事人的关注相结合。

---

* 克雷格诉博伦案,当时俄克拉何马州的法律规定女子在18岁时就可以饮用3.2度的啤酒,而男子则须等到21岁。在克雷格诉博伦案中,最高法院裁定该法律违宪。

★★★

罗森（后文简写为"罗"）：你在70年代担任美国公民自由联盟的诉讼律师时曾被人称为女性运动中的瑟古德·马歇尔。

金斯伯格（后文简写为"金"）：他是我做律师时的榜样。你提到我采取了一种步步为营的渐进策略，其实他就是这么做的。他没有在走进最高法院的第一天就说："结束美国的种族隔离制度吧。"他是从法学院和大学开始的，有了这样的基础之后，他才要求最高法院终结这种"隔离但平等"的政策。当然，70年代的性别平等诉讼和50、60年代的民权斗争有很大差异。我和瑟古德·马歇尔之间最显著的差别就是我从没冒过生命危险，他却有这种危险。他曾去某个南部城镇为人们辩护，其中有些人受到了错误的指控，他真的不知道自己在那一天结束时还能不能活下来。我从未面对这种问题。

罗：你在美国公民自由联盟的经历对你后来成为这种类型的大法官产生了多大的影响？

金：在为美国公民自由联盟的女性权利项目撰写诉状时，我会尽量让赞同我的大法官能够根据我的诉状来撰写他的意见。我在很大程度上会把自己设想成一名老师。当时的人对性别歧视并不是很理解。人们知道种族歧视很招人厌，但还有很多人认为在那种出于善意而制定的法律中，所有基于性别的差异都是有利于女性的。所以我的目标就是要让最高法院逐步认识到一点，用布伦南大法官*的话来说，就是有些人认为女性已经站到了台面上，但结果往往证明那就是个牢笼。

罗：今天你在提出异议时采用的也是类似的方式吗？

金：我的异议和我的诉状一样，都是为了说服别人。有时我们在指出最高法院的裁决犯了多大的错误时必须有说服力。

罗：我们来谈谈你在美国公民自由联盟任职期间被你逐步削弱的那些法律吧。你能给我详细讲讲其中一些重大的胜利吗？

金：这些案件中的每一宗都涉及一项法律，而这些法律的前提就是男人要给家里挣面包，女人要照顾家庭和孩子。维森菲尔德案可能是最好的例证。原告斯蒂芬·维森菲尔德的妻子死于分娩。他想自己照顾孩子，所以他想争取儿童看护期的社保福利，这样他才能如愿以偿。但这些福利只适用于遗孀，而不适用于鳏夫。维森菲尔德的妻子是工薪阶层，她缴纳的社会保障税与男性缴纳的一样多，而其家人从中获得的保障却较少。作为父母，男性配偶处于弱势地位。男人挣钱养家，女人照顾家庭和孩子的刻板世界观是一些法律的蓝本，我们力图摆脱这样的法律。

斯蒂芬·维森菲尔德的妻子生前是一名教师。她在怀

---

* 威廉·约瑟夫·布伦南，美国联邦最高法院大法官（1956—1990），自由派。

孕期间非常健康，直到怀孕第九个月都在教书。她去医院生产后，医生告诉斯蒂芬："你有了一个健康的儿子，但你的妻子因为栓塞去世了。"斯蒂芬·维森菲尔德发誓，在儿子去全日制学校上学之前，他只会做兼职工作。因此他申请了社会保障福利，他认为当一个工薪阶层过世并留下一个孩子给在世的配偶照顾时，配偶是可以获得这些福利的。他去了当地的社会保障办公室，结果被告知："对不起，维森菲尔德先生，这项福利是专属于母亲的，而你不是母亲。"问题在于：这名女性缴纳了社会保障税，政府却没有为她的家庭提供与男性（逝者）家庭相同的保障。这个男人没法做一个照看孩子的父亲。在他的生活伴侣去世以后，他得不到任何帮助。我们要抨击的就是这样一种观念：男人不用照看孩子，女人也当不了真正的工薪阶层；她们充其量也就能挣点零用钱。

罗：最高法院在此案中是如何作出裁决的？

金：最高法院作出了一致裁决，尽管大法官们在理由上存在三种分歧。有人说这明显是对女性工薪阶层的歧视。她缴纳了和男性相同的社会保障税，但法律没有为她的家人提供同等的保障。有人认为这是对作为双亲之一的男人的歧视。其中一位大法官伦奎斯特表示，从婴儿的角度来看，这完全就是任意的。为什么唯一在世的家长是母亲的时候，婴儿就理应有机会得到母亲的照顾，而当唯一在世的家长是父亲的时候，婴儿就没有机会得到照顾了？我们要让大法官面对现实生活情境，这样他们才能明白，他们曾经认为是出于善意的、有利于女性的制度实际上是不利于她们的。在斯蒂芬·维森菲尔德的案件中也是如此——为什么法律会是这样？因为女人被视为看护者，孩子的看护者。我们的目标就是要打破这种对男女角色的刻板印象。

罗：你不喜欢那些家长式的刻板印象。

金：不喜欢。

罗：但当你对那些案件提起诉讼时，你面对的就是那些带有很多刻板印象的男性法官，所以你决定去做男性原告的代理人，因为你认为他们更能共情和他们一样的人。

金：我代理的女性原告基本上和男性原告一样多。我们要尝试去教育最高法院，不要轻率地给人分类，只因为她们是女人，或只因为他们是男人；比如"男人可以成为医生、律师、印第安酋长，而姑娘们可以整理屋子，照顾孩子"，这种世界观很成问题，这个男人的世界只给女人留下了一个很小的空间，她们只能被贬低到自己那个狭小的角落里。我们的论点是：不要因为一个人是男人或女人就对他（她）形成刻板印象。要承认这种刻板印象对绝大多数人来说可能是对的，但也有些人并不符合这个模型，应该允许他们作出选择，去过他们的生活，不要因为性别而将他们随意归类。

罗：你在20世纪60年代开始对你受理的案件提起诉讼时，世界是个什么样子？

金：今天的年轻人都不清楚当时的世界是个什么样子。女人要么根本不会被召去担任陪审员，要么就是被人不假思索地给出一个借口。按照当时的法律，"任何女人"都可以被免除陪审团的义务。多萝西·凯尼恩的使命就是终结男女两性在承担陪审团职责方面的区别待遇，而且她接手了一个完美的案例，霍伊特诉佛罗里达州案。

佛罗里达州希尔斯伯勒县的一名女性——格温德琳·霍伊特和她那个玩弄女性、满口脏话的丈夫发生了激烈争执，并且被羞辱到了极点。她在房间角落里突然发现了小儿子的棒球棍，于是她抄起这根棍子，尽全力击中了丈夫的头部，接着他就倒在了坚硬的地板上。争吵结束，谋杀诉讼开始。

她在佛罗里达州的希尔斯伯勒县受审，那个地方不会把女人列入陪审团名单。女人只能去助理办公室毛遂自荐。霍伊特的想法是：如果陪审团里有女人，她们可能也一样不会判我无罪，但她们或许更能理解我的心态，并给我判定较轻的过失杀人罪，而不是谋杀罪。是的，她被一个全部由男性组成的陪审团判定犯下了谋杀罪，而她的案件于1961年提交到了最高法院。我们当时正处于"自由派的沃伦法院"时代，但大法官们对此并不理解。

罗：格温德琳·霍伊特在最高法院又经历了什么？

金：最高法院面对的争论在于，格温德琳的陪审团并不是从具有代表性的人群中选出来的，因为有一半的人口被遗漏了。最高法院表示这项法律只是反映了女性在居所和家庭生活中的核心地位。

最高法院的回应是："我们不明白这有什么可抱怨的。在所有可能存在的世界里，女人们已经拥有最好的那个了。如果她们想服务于陪审团，那就可以为之服务；如果她们不想服务于陪审团，那就无须为之服务。"你可以想象格温德琳·霍伊特是怎么说的："我该怎么办，你知道吗，我有权让那些和我性别一样的人组成陪审团吗?"这个在1961年败诉的案子，在20世纪70年代的不那么开明的伯格法院会轻松获胜。为什么？因为社会变了；因为女人们已经觉醒了；因为出现了一场世界性的运动，联合国宣布1975年为国际妇女年。最高法院在70年代的那些性别歧视案中作出的裁决反映的正是这种社会变革。

罗：再跟我多讲讲20世纪60年代的性别歧视性法律的情况。

金：60年代，民权运动使得权利开始在这片土地上焕发生机，但美国联邦最高法院在其历史上还从未裁定任何基于性别的分类是违宪的。

在不太好的旧时代，我最喜欢的案例之一就是格赛尔特诉克利里案，该案是1948年作出的裁决。一个女人开了一家酒馆，酒保是她的女儿。密歇根州通过了一项法律，规定女性除非嫁给男性酒馆老板，或者是男性酒馆老板的女儿，否则就不能看管吧台。好吧，这意味着这两个女人要关门停业了。最高法院对此案不屑一顾，一开始就在谈论乔叟*笔下那个年迈的酒馆老板娘。最高法院没有说"是的，女人完全有能力看管好吧台"，而是说女人需要受到保护，吧台有时会让人感到不快，那里有可能会发生不好的事。

值得肯定的是，在最高法院表示这项法律没有问题之后，密歇根州酒精饮料管理局决定不执行这项法律。所以格赛尔特一家得以保全了她们的酒馆。事实上当我还在读法学院时，格赛尔特诉克利里案就曾在一个简略的报刊段落里被描述成最高法院放松对社会和经济立法的束缚的一个案例。针对女酒保的禁令被描述成了健康和安全方面的立法，一项使女性免受好斗的酒鬼伤害的措施。当时最高法院的大法官们一刻也没有意识到这项禁令并不适用于酒吧女招待，也就是那些要把酒水端上桌的女性，她们比站在吧台后面的女性更容易受到好斗酒鬼的威胁。曾几何时，这就是我们的处境。

罗：你接手的第一起最高法院的案件是什么？

金：第一起是萨莉·里德案†。她所抨击的法条涉及对死者遗产管理人的认定。这一法条规定："在同样有资格成为死者遗产管理人的个人之中，男性必须优先于女性。"萨莉·里德有个十几岁的儿子。她和丈夫离婚了。孩子还小的时候——法律术语是"幼年"——萨莉获得了监护权。

---

* 杰弗里·乔叟，英国小说家、诗人，著有《坎特伯雷故事集》等。
† 即"里德诉里德案"，下文中亦称"里德案"。——编注

然后这个男孩儿长到了十几岁,他父亲说:"现在他需要为一个男人的世界作好准备了,所以我现在愿意做他的监护人。"家事法庭*对此表示认可;萨莉非常沮丧,她认为父亲会对这个男孩造成很坏的影响。可悲的是她说对了。这个男孩陷入了极度的抑郁之中。他从父亲成堆的步枪里拿出一支自杀了。

萨莉想被指定为儿子的遗产管理人。这对她并没有什么经济上的好处,就是出于感情上的原因。两周后,孩子的父亲也提出了申请,遗嘱检验法官说:"对不起,萨莉,我别无选择。法律规定男人必须优先于女人。"萨莉·里德认为她受到了不公正对待。她就是个普通人,靠在自己家中照顾年老体弱者为生。她认为这不公道,而美国的法律会让她免于不公正的对待。她历经了爱达荷州法院系统的三个层级。†她还聘请了爱达荷州博伊西市的律师艾伦·德尔为她辩护。她的案件是最高法院的一起转折点式的案件——美国全国妇女组织和美国公民自由联盟都没有打出这样一个判例案件。萨莉·里德是遍及全国的觉醒女性中的一员,她们意识到了自己所面对的不平等,而这种不平等是毫无道理的。

当萨莉·里德的案子提交到最高法院时,大法官们一致判她胜诉。1971年,最高法院历史上首次因一项法律任

---

* 家事法庭(Family Court)是初审法院的一个独立部门,审理的案件仅限于离婚、子女监护与抚养、领养以及其他有关家庭的案件。
† 三个层级指初审法院、复审法院和终审法院。

意歧视女性而裁定其违宪。如我刚才所说，这起案件值得注意的一点就是萨莉·里德只是一个普通的女人。她用自己的钱打了这场官司，而且历经了爱达荷州的三级法院。她相信我们的司法制度能够维护她被平等对待的权利。在60年代的民权运动中，在70年代复苏的女权运动中，全国各地都有人相信我们的制度有能力纠正不公。

罗：所以这表明法院不能单干。只有当社会确实开始接受这种平等的新视角时，情况才能有所改变。

金：当然了，杰夫。里德案（该案在1971年底进行辩论并作出了裁决）辩诉状的特点之一就是我们在封面的律师栏里加上了两个女人的名字，保利·默里和多萝西·凯尼恩。她们是我上一代的女性，她们在40、50年代说的话和我们在70年代所说的完全一样，但那时社会并没有准备好去倾听。

罗：能否给我讲讲弗朗蒂罗案？

金：她自己讲得最好：莎伦·弗朗蒂罗中尉婚后去了她驻扎的空军基地的人事部门，要求他们为她提供已婚军官的住房津贴，并允许她的丈夫使用基地的医疗设施。但她简直不敢相信自己得到的答复："那些福利不是为我提供的。为什么？因为我是女人，只有男人才能享受那些福利。"莎伦认为她身处的制度里不应该发生这种事，法院可以纠正她所遭遇的不公。2020年8月，我要和莎伦·弗朗蒂罗，也就是现在的科恩*一起去奥马哈参加一次座谈会,这也是第十九修正案†获得批准的庆祝活动的一个环节。

罗:这起案件审结后你还见过她吗?

金:见过,我们偶尔还会通信。几年前,我们在北卡罗来纳州的阿什维尔还见过,当时我们都参加了一个由北卡罗来纳州、南卡罗来纳州和佐治亚州的女律师和法学家发起的一个有关女性发展的项目。斯蒂芬·维森菲尔德也是参与者之一,另外还有一些起诉海军不分派女性参加海上任务的女人。

罗:在听你谈论这些案件时,我觉得它们对你来说并不抽象。你了解这些女人和男人,你知道他们的故事。这不是一场智力盛宴或学术演练。你真的很关心这些当事人,也意识到了问题所在。

金:是的,这些70年代的性别歧视案中有一点值得一提——这些都不是某些意识形态组织所说的"我们想把这个问题提交到最高法院,看看能不能找到这么个案子"这种意义上的判例案件。它们涉及的是像斯蒂芬·维森菲尔德、莎伦·弗朗蒂罗和萨莉·里德这样的人。

我和斯蒂芬·维森菲尔德一直保持着联系。很多年前我还主持了他儿子杰森·维森菲尔德的婚礼。杰森曾就读于哥伦比亚大学法学院,后来转行做投资银行业务,现在

---

* 莎伦·弗朗蒂罗婚后名为莎伦·科恩。——编注
† 美国宪法第十九修正案确立了女性的选举权。

已经是三个孩子的父亲。斯蒂芬也终于找到了他人生中的第二个爱人,我最近在最高法院主持了他的第二次婚礼。

二　两性平等的婚姻

2017年秋，在我请金斯伯格大法官主持我的婚礼之前，我带未婚妻劳伦去最高法院和她见了一面，好让她对劳伦有所了解。她仔细聆听了劳伦对自己当时工作的描述，劳伦是一名文化人类学教授，研究加纳的法律和宪政民主危机。金斯伯格大法官专注而坦率地谈到了自己对南非宪法的钦佩，她在2011年曾向埃及的宪法起草者们推荐南非宪法，她认为南非宪法是比美国宪法更好的模板。南非的宪法文件纳入了对堕胎权、医保和收入不平等最小化的明确保障。

谈话结束时，她同意在自己的办公室主持我们的婚礼。一个月后，在我们回到这里举行婚礼之前，她给我们发来了她为其他朋友主持婚礼时用过的誓词草稿，言下之意是我们在准备自己的誓词稿本时或许能参考其中的一部分。草稿一开篇，大法官就将婚姻描述为一种平等人之间的伙伴关系，就像她自己和马蒂·金斯伯格长达56年的婚姻一样。

> 你们的承诺植根于对彼此才华和经验的深切欣赏。你们已经学会了耐心的重要性，幽默的重要性，以及给彼此带来快乐的重要性。愿你们对彼此的爱能永远魔法般地让你们比各自独身时更明智、成熟和幸福。

誓词范本以传统的祝词结束："杰弗里，你可以亲吻新娘了。"

我们把这些建议融入了我们的誓词稿本中，还添加了几首祝祷我们婚姻的诗歌。然后我们就把稿本发给她审阅。

金斯伯格大法官是有口皆碑的文字编辑，她从不拖稿，而且会以严谨、准确而快速的方式纠正最高法院同僚们草稿上的拼写错误和用词。收到我们这份稿本的几个小时后，她就把稿件连同追加的修改一同发了回来。她把最后那句话作了如下编辑：

> 杰弗里，~~你可以亲吻新娘子。~~以及劳伦，你

们可以拥抱彼此来享受你们的新婚初吻了。

这一修改体现了她对细节的密切关注,以及她在这个变化的世界中支持不断扩大的性别平等愿景的决心。她曾经传达过数百次更为传统的祝福,但再次读到这里时,她决定作出修改,并以此来反映一种更为平等的愿景。她(在最高法院的这个开庭期*之初用了几个小时来)仔细地修改这份稿本,显示了她铁一般的自律,她对于用正确的语言来表达自己的重视,以及她对朋友、家人、同事和她曾经代理过的诉讼当事人的个人生活细节的温情关怀。

所有这些品质都在她和马蒂·金斯伯格的传奇婚姻中体现得淋漓尽致。两人于1950年秋天在康奈尔大学相遇。马蒂在校园里见到了鲁斯,于是说服正在和鲁斯朋友约会的室友给他们安排了一次约会。出于对古典音乐的共同热爱和对彼此才智的尊重,他们很快就确立了关系。"他是我遇到的第一个关心我有没有头脑的男孩……"鲁斯后来如此宣称,"他真是太聪明了。"[1] 马蒂在他们结婚初期,也就是他在法学院的第一个学年结束之后就应征入伍,到俄克拉何马州的锡尔堡给炮兵教了两年课。1955年,他们的女儿简就出生在那里,彼时距马蒂和鲁斯一同进入哈佛大学法学院还有14个月,法学院院长欧文·格里斯沃尔德曾在

---

* 美国联邦最高法院的开庭期始于当年10月,终于次年6月,除去最后两个月不听审,大法官每个月会选取几天开庭听审,每年度听审39天左右。——译注加编注

一次开幕酒会上问鲁斯："你为什么要去哈佛法学院，占据一个本属于男人的位置？"鲁斯的回答是，了解丈夫的工作对妻子来说很重要。[2] 马蒂毕业后去纽约找了一份工作，鲁斯则转投哥伦比亚大学去完成她在法学院的最后一年学业，在那里她是班上的并列第一。此后，他们的儿子詹姆斯于1965年出生。马蒂的税务律师生涯方兴未艾，鲁斯则先后成为罗格斯大学和哥伦比亚大学的法学教授，同时还担任了美国公民自由联盟女性权利项目的负责人。每次詹姆斯惹出什么麻烦，学校都会叫她过去，她则回答说，这孩子有两个家长，你们也该让马蒂去一下。（据她说，在提出这个建议之后，学校每学期就只会叫她去一次了。）学校并不在意让一个女人放下她的有偿工作，却会犹豫是否要打扰一个在工作的男人。

从一名辩护律师到成为一名法官的那些岁月里，金斯伯格一直坚信一点，那就是只有当男女在育儿方面承担起同等的责任时，他们才能真正实现平等。她早在1972年就写道："不同于生育，养育孩子并不涉及某一性别独有的身体特征。"同时她还指出瑞典家庭政策委员会当时已提议将既有法律赋予职业女性的6个月"分娩"休假权改为8个月，父母任意一方可以休假，或者可以在两者之间分配这8个月的假期。[3]

多年以来，与金斯伯格夫妇共度的那些时光给我带来了莫大的快乐，他们对彼此的爱宛如昨日，让我深受触动。

马蒂会用他那奇思妙想的幽默逗得鲁斯和其他人哄堂大笑，而这种幽默常常是基于一连串的插科打诨，事实上这也使得他和自己的妻子一样出名。比如有一次他就告诉自己的孙辈，美国国会大厦顶上那座雕像就是他；当鲁斯在歌剧院受到观众起立鼓掌欢迎时，他又低声说自己真没想到城里会有这么一个税务律师大会来为他喝彩。

在1995年的一次名为《对最高法院婚姻状况的反思》的演讲中，马蒂开玩笑说："仅凭24个月的经验，我敢说最高法院大法官的配偶只有一个职责，那就是避免在公开场合出丑。这可不总是个容易完成的任务。"说着他又拿出一封通用格式信函，这是他为妻子起草的，以便寄给所有请求她帮助的来信者。

> 为了让大法官能喘口气，我们会尽力解释她为什么做不了您请求她做的事。请根据最符合您需求的标题来参考以下段落。
>
> **最爱的食谱**。四分之一个世纪以前，大法官就被自己那两个好吃的孩子赶出了厨房。她以后就再没做过饭了，她年轻时做的一道菜，金枪鱼煲，也没人爱吃。
>
> **照片**。金斯伯格大法官对索要她照片的人如此之多深感荣幸，实际上是大吃一惊。她现在62岁了，可想而知照片断供了。

我们是亲戚吗？ 大法官父母的本名是巴德和阿姆斯特。很多同名的人都来过信，提供了自己的身世和移民的细节。虽然这些信息非常有趣，但您和她可能没有任何合理的血缘关系。

说完这番话，马蒂又总结道："鲁斯的秘书们把我的信给否决了，你们肯定不会对此感到惊讶。但奇怪的是从那时起他们就有办法来应付了。"[4]

我最后一次见到马蒂是在华盛顿国家歌剧院，那是2008年，他的癌症复发后不久；他还是一如既往地诙谐，说了一句很好笑的俏皮话，惹得大法官和我都笑出了声（希望我还能想起来那话是怎么说的）。2010年6月，马蒂得知自己的癌症已无法靠手术治愈，于是给鲁斯写下了这封感人肺腑的情书：

我最亲爱的鲁斯：

你是我一生中唯一爱过的人，暂且不论父母、孩子还有他们的孩子。几乎从我们在康奈尔大学第一次相遇的那天起，我就一直欣赏和爱慕着你……

看着你走上法律界的顶峰，我高兴坏了。

我估计会在JH医疗中心待到6月25日（周五），这段时间里，我会好好想想自己残存的健康和生命，权衡一下接下来是硬挺过去，还是放弃生命，因为生活品质上的损失已经难以忍受了。

我希望你会支持我的决定，但我知道你可能不会。我对你的爱不会减少半分。

马蒂[5]

写完这封信后的周日，也就是6月27日，他在家中去世。金斯伯格大法官在第二天就回到了最高法院的工作岗位，因为那天是当年度开庭期的最后一周。仅仅几周之后，我在阿斯彭思想节*的舞台上采访了她。陪同她旅行的外孙保罗也坐在前排。

罗：你能来到这里真的非常坚强。你刚刚失去了至爱马蒂，我们亲爱的朋友，我想代表在场的所有人对此表示哀悼。我第一次见到你们俩大约是在20年前，你知道他对我和所有认识他的人来说是多么励志，他是一位真正的楷模，为我们示范了平等伙伴关系中完美丈夫的样子。他掌握了好多令人敬畏的技能。首先，他的厨艺炉火纯青，他做的甜点和晚餐简直不可思议。在那个不时兴让男人带孩

---

* 阿斯彭思想节是在美国科罗拉多州阿斯彭举办的为期一周的活动，内容包括研讨会、座谈会，以及记者、设计师、创新者、政治家、外交官、总统、法官、音乐家、艺术家和作家的专题报告。

子的年代,他也承担了养育孩子的责任。他还非常爱开玩笑,只要你们在一起,他总能让你笑出声。最重要的是,你们都着迷于对方。你们显然处于热恋中,只要在彼此身边就始终是一种快乐。大家都想知道这段格外幸福的婚姻有什么秘诀。你能分享一些吗?

金:我和马蒂一起幸福地生活了56年。在我被提名为大法官后不久,一位记者向我女儿问到我们家的家庭分工:"好吧,跟我说说你们家的生活是个什么样?"我女儿说:"嗯,我父亲负责做饭,我母亲负责思考。"事实完全不是这么回事,因为马蒂是我认识的最聪明的男人。马蒂把他的厨艺都归功于两个女人——一个是他的母亲,另一个是他的妻子。

罗:这是个让人焦虑的时代,政治体制出现了严重的极化,男女两性都在思考应该怎样和另一方互动。对于如何进行文明的互动,你有什么建议?另外我还想请你分享你给很多夫妻都提过的那条婚姻建议,并且说明你从中获得的教益,因为这相当深刻,而且极具智慧。

金:嗯,我有一位了不起的婆婆,马蒂的母亲。我是在丈夫家里结婚的,就在婚礼之前,婆婆把我拉到一边说:"我想把幸福婚姻的秘诀告诉你。"

我说:"我很愿意听听。"

她说:"亲爱的,在任何美满的婚姻里,偶尔做个小聋子是有必要的。"

这不仅是我在56年的婚姻生活里一直在遵循的建议，而且直到今天，我在当前的工作场合里也是如此。如果有人说了不友善的话，你不理会就行了。

罗：这是深刻的一课，告诫我们永远不要在怒火中烧时作出反应，始终要保持冷静，如果别人发脾气，你也不要发火。

金：是的，像愤怒、懊悔和嫉妒这样的情绪都没有任何建设性。它们达不成任何目的，所以你必须把它们控制住。在我还是一名火热的女权主义诉讼律师的日子里，我从不会对那些提出无礼问题的法官说："你这头性别歧视的猪。"

我告诉你一件事吧。我曾经在新泽西州特伦顿的一个由三名法官组成的联邦地方法庭为一起案件进行辩论，一位法官说："嗯，近来女人们都做得很好。她们在任何地方都有平等的机会。即使在军队里，她们也有平等的机会。"

我回答说："法官大人，飞行训练不对女性开放。"

他答道："哦，别跟我说这个。女人一直都在天上飘着。我跟老婆和女儿打交道的经验早让我了解了这一点。"

所以我是怎么回应的呢？"我见过一些男人，他们的脚也没有牢牢踩在地上。"

像那位法官这样的评论如今已经很少能听到了。但在70年代，在法官们都知道开种族主义的玩笑已经不合时宜的时候，女性仍然是他们开玩笑的对象。

罗：你和马蒂第一次见面的时候，是什么吸引了你？

金：桑德拉·戴·奥康纳谈论过我们成长的那个时代。马蒂是最不同寻常的。他是我遇到的第一个关心我有没有头脑的男孩。他总认为我比自己想象的更好。

我的意思是，他就是这样一个男人——顺便说一句，他在军队服役了两年，他在法学院读了一年之后就入伍了。两年后，当我们重返法学院时，马蒂去读二年级，我读一年级，那时简已经出生了。我是在简14个月大的时候进入法学院的。当时的法学院院长是欧文·格里斯沃尔德，你们很多人都认识他，他是一位伟大的法学院院长，也是一位了不起的联邦首席政府律师*，但向别人介绍我或是在社交场合介绍我时，他说我和马蒂是在法学院结识的，马蒂比我早一年毕业，所以我才转到了哥伦比亚大学去读三年级。有天我终于忍不住对他说："格里斯沃尔德院长，你这样说让我很难堪，因为我从法学院毕业时简都4岁了。"不过兼顾哈佛大学法学院学业和母亲的身份这样的事还是超出了人们的理解。我在哈佛的那个新生班级里有九名女性和五百多名男性，相比马蒂的班级已经迈出了一大步，他的班里有五名女性和五百多名男性。在法学院接受严格训练的同时去照顾一个婴儿——这两者在这位院长心里是没法调和的。

---

* 联邦首席政府律师，其主要职责为确定联邦政府的哪些案件需要提交给联邦最高法院复审。如果相关案件被最高法院受理，联邦首席政府律师、其助理或其他政府律师将代表联邦政府在最高法院出庭参加言辞辩论。该职位十分重要，因此也被称为"第十位大法官"。——译注加编注

罗：不错，这些问题都是性别平等的核心，你几年前是不是也因此在自己的办公室里放了或曾经放过这样一张照片，你女婿抱着你外孙的照片。

金：那是我外孙保罗两个月大的时候拍的。他和父亲待在一张床上，父亲怀着如山的爱注视着保罗。这就是我的理想：一个孩子应该有两个关怀他的家长，如果每个孩子都能在父母的共同陪伴下成长，而且他们都爱孩子，都照顾孩子，那我们的世界就会变得更加美好。

罗：你在提到那张照片时曾经跟我说过："那是我对未来的梦想。"起初我以为这就是一句陈词滥调。我当时并不理解你在说什么。但我后来意识到你所说的对未来的期望就是让男人在育儿方面承担起和女人同等的责任——这样女人和男人才能真正实现平等。

金：是的。这张照片是我女儿拍的。父亲对孩子的爱在这张照片中得到了如此美妙的传达，它一直都放在我办公室里最好的位置上。

罗：谈到男性和女性在照看孩子方面要承担的同等责任，你认为我们现在比 10 年前或 20 年前做得更好了吗？

金：我们已经做得好多了。我在法学院的最后一年，也就是我就读于哥伦比亚大学法学院的时候，我女儿还不到 4 岁。那整片地区只有一家托儿所。他们会在（上午）9 点到 12 点或（下午）2 点到 5 点照看孩子。我女儿后来也成了一位母亲，她在哥伦比亚大学法学院任教时，那片地区已经有了20多家全日制的日托机构。我的几个法官助理都休了育婴假，而且是男助理。这种情况比以前更普遍了。

我在最高法院工作的头一年就有一名为我工作的法官助理，他以前在特区上诉法院也曾和我共事，他的求职申请很吸引我。为什么？因为他写到自己以前都是在晚上去乔治敦大学学习法律，原因是他的妻子是一名经济学家，在世界银行有一份很好的工作。还有一件事，他提交了自己在法学院一年级时的写作练习作为他的写作样本，主题是瓦格纳的《尼伯龙根的指环》中阐明的契约论。*

我问过首席大法官——那是很久以前，1993和1994年的事了——法官助理能否在家访问万律法律数据库和雷克斯法律数据库（法律研究服务系统）†。首席大法官伦奎斯特表示不行，只要有必要，法官助理就必须待在工作场所。第二年，所有法官助理都可以在家里访问这两个数据库了。

罗：你对男女共同承担育儿责任的前景有多乐观？汉娜·罗辛‡为《大西洋月刊》写了一篇封面故事，名为《男人的终结》。[6]她指出，在社交智慧、公开交流和专注力这些在今天最为宝贵的特质上，男人并不占优势。她特别提

---

* 《尼伯龙根的指环》是德国音乐家理查德·瓦格纳作曲并编剧的一部大型乐剧。
† 万律法律数据库是全球使用量最多的法律在线检索数据库之一，包含了美国法律法规、各级法院官方公布的裁判文书以及精选的合同文本和期刊、书籍；雷克斯法律数据库则收录了美国联邦和州政府的案例、联邦和州法院的案例及判决书、50个州的法规等内容。
‡ 汉娜·罗辛，美国作家，电台主持人。

到冰岛在2009年选出了"全世界第一位公开女同性恋身份的国家首脑,她在竞选活动中明确地反对那些在她看来摧毁了国家银行体系的男性精英,并发誓要'终结睾丸激素时代'"。你也曾逐步说服最高法院接受性别平等。你会不会像汉娜·罗辛那样乐观地认为女性正在超越男性,而男性则会主动承担起育儿的责任?

金:我认为男人和女人肩并肩,共同努力,这样才会让这个世界变得更加美好。就像我不认为男性是一个更优越的性别一样,我也不认为女性是一个更优越的性别。我认为我们已经开始利用起各行各业的所有人的才华,我们不再像以前那样拒人于门外,这很好。

罗:你对女性的成就满意吗?我的意思是,这篇文章中有一些相互矛盾的统计数据:一方面,女性占所有大学毕业生的60%,也占所有硕士学位拥有者的60%;而另一方面,在财富500强的首席执行官中只有3%是女性。我们还有更长的路要走吗?

金:我们当然还有更长的路要走,但已经取得了巨大的进步。进步是缓慢的,我们必须保持耐心。我还记得我第一次听说瑞典的育婴假制度时的情形。他们早在我们之前很久就有这个制度了。有人评论说:"但只有10%的父亲会休这个假。"我说:"好吧,10%也比2%好。"坦白说,这比我一开始想的要多。我认为就是这种制度塑造出了如今这个时代。越来越多的男性都在分享抚养下一代的快乐和重负，但这需要时间。在我还是一个火热的女权主义者的日子里，我发现和一定年纪的男性打交道的最好办法是让他们想想自己的女儿，想想他们希望女儿生活的世界是个什么样子。

罗：而且规范正在改变。汉娜·罗辛报道说"妈妈路线"正在让位于有大学文凭的男女对弹性工作时间的需求。这是一项宝贵的工作福利，能够拥有一份灵活的工作时间表，这是男女都想要的。

金：而且你可以想到这在电子时代要容易得多，比如你在家里轻敲键盘就能拥有整座法律图书馆。

2013年9月，我在国家宪法中心采访了金斯伯格大法官，她提到了自己在前一周主持的另一场婚礼。

罗：你最近在华盛顿主持了一场历史性的婚礼。给我们讲讲这件事吧。这是由美国联邦最高法院大法官主持的第一场同性婚礼。

金：对，那是肯尼迪中心的负责人迈克尔·凯撒[*]和他相濡以沫的伴侣举办的婚礼，后者的名字恰好是约翰·罗伯茨（John Roberts），和我们的首席大法官同名。这是一场简单美好的婚礼。对我来说，仪式的高潮就是哈洛琳·布

---

[*] 迈克尔·凯撒，美国国家表演艺术中心（亦称肯尼迪中心）总裁。

莱克韦尔*演唱的《你是安宁》(*Du bist die Ruh*),美妙至极。双方都去了很多家人——很多罗伯茨和很多凯撒。这是两个深深相爱的人的婚礼,而且终于将他们的共同生活升华成了合法的关系。

罗:作为主持这场婚礼仪式的大法官,你有何感想?这对美国来说又有何意义?

金:在我看来,这就是我们宪法精神的又一个范例。如果我问你:我们的宪法在草创之初,谁能算在"我们合众国人民"(We the People)之中?对吧,并没有很多人。我肯定是不算的。那些被奴役的人肯定是不算的。甚至大多数男人也是不算的,因为你还必须是有产者。所以你想想我们的国家和宪法在两个多世纪后的今天已经变成了什么样子。"我们合众国人民"这一概念已经变得越来越包容兼蓄。那些曾经被排除在外的人、曾经是奴隶的人、女性、印第安人,他们起初都没有被算在内。这种包容性是各项宪法修正案(例如,三项南北战争修正案†)和司法解释带来的结果。有一个理念是从一开始就存在的:平等。然而你就是翻遍你那本袖珍宪法也不可能在宪法原文中找到平等这个词,即便平等就是《独立宣言》的一个重大主题。

---

* 哈洛琳·布莱克韦尔,美国女高音歌唱家。
† 指的是南北战争后的1865年到1870年间通过的美国宪法第十三、第十四和第十五修正案,也称为重建修正案(Reconstruction Amendments),这些修正案将宪法保障的权利扩展到了全体男性公民,包括此前的奴隶及其后裔。

平等一词是通过第十四修正案才成了宪法的一部分。所以我认为我们的宪法和社会的精神就在于——我们已经在多大程度上变得比当初更加包容兼蓄。

三　罗伊案

当鲁斯·巴德·金斯伯格被提名为最高法院大法官时，她的宪法记录里最具争议的部分就是她对罗伊诉韦德案中的法律推理所提出的批评。她认为罗伊案的裁决过于宽泛，未能使舆论赶上法院的脚步，而这一观点招致了一些女权主义团体的反对。金斯伯格辩称，如果最高法院在1973年只是推翻了该案中有争议的得克萨斯州的法律，并抵御住了将一种全国性框架强加于堕胎问题之上的诱惑，该案可能会引发较少的反弹，同时也能允许越来越多的州立法机构自行承认生育的选择权。

那些在20世纪90年代批评她的女权主义者并没有意识到，金斯伯格正在为生育选择权奠定一种更为坚实的宪法基础，即这一选择权植根于女性的平等权，而不是隐私权。金斯伯格拓展了她在20世纪70年代担任辩护律师时提出的论点，她坚持认为最好不要将限制堕胎理解为女性和男性医生之间的私人问题；不如说这些限制限定了女性定义自己人生选择的能力，对其强加了男性无须承载的重负，从而侵犯了宪法赋予女性的平等权利。金斯伯格坚称，如果罗伊诉韦德案的裁决是基于宪法的平等保护条款*，而不是正当程序条款†，那么它在宪法上会更具说服力。

事实证明金斯伯格的批评很有先见之明。1992年6月，最高法院在计划生育联盟宾夕法尼亚东南分部诉凯西案‡中支持了罗伊案中的一项意见，该意见默认了对堕胎的限制的确同时关涉女性的平等权和隐私权，而这让自由派和保守派都深感意外。

几个月后，金斯伯格在纽约大学法学院发表了她那场名为《以司法之声言说》的麦迪逊演讲，克林顿总统向莫伊尼汉参议员提到的正是这次演讲，也是他对"女人们都反对她"表示忧虑的起因。在这次演讲中，金斯伯格称赞了安东尼·肯尼迪§、桑德拉·戴·奥康纳和戴维·苏特这几位大法官，因为他们在凯西案中撰写的意见承认了女性

---

* 平等保护条款出自美国宪法第十四修正案，它保障了美国公民在法律面前人人平等的权利。

† 美国宪法中有两条正当程序条款，分别出自美国宪法第五修正案和第十四修正案。它们禁止政府机构非法任意剥夺他人的生命、自由或财产。

‡ 下文中亦称"凯西案"。——编注

§ 安东尼·肯尼迪，美国联邦最高法院大法官（1988—2018），立场偏保守。

"掌控（她的）生育期的能力"和她"平等地参与国家经济和社会生活……的能力"之间存在紧密的联系。金斯伯格特别指出，女性的平等权在罗伊案中是一个不那么突出的主题，该案中已经"加入了孕妇可自由履行医嘱的权利"，她表示这项裁决如果能更精准地聚焦于女性平等权，罗伊案的争议可能就不会那么大。

金斯伯格在演讲中还批评了罗伊案中的那份"激动人心"的意见，她认为这份意见不够审慎。大法官们为整个国家制定了一套全面的法规，而不仅仅是推翻该案中存在争议的得克萨斯州的堕胎禁令（该禁令规定只有挽救生命的医疗程序才能破例），并与各州的立法机构展开对话。金斯伯格设问道："假设最高法院就此打住，合理地宣布这一全国最具极端印记的法律违宪，而不是像在罗伊案中所做的那样进一步打造出一种全面覆盖该问题的制度或一整套规则来取代几乎所有在当时行之有效的州法，那么一个不那么包罗万象的罗伊案，一个仅仅推翻得克萨斯州的那条极端法律而不再向前迈进一步的罗伊案……就可能会有助于减少而不是加剧争议。"[1] 金斯伯格将激起了反堕胎运动并引发了立法反弹的罗伊案和她在20世纪70年代提起诉讼的那些性别案件进行了对比，法院在后一类案件中一开始就与州立法机构展开了对话，并引导它们缓慢地走向更自由的方向。"1970年后的大多数性别分类案和罗伊案的不同之处就在于，最高法院……通过一种带有温和印记的裁决顺应了变革的方向，这种裁决既不会过头也不会造成分歧，"她总结道，"另一方面，罗伊案则阻断了一个朝着变革方向前行的政治进程，因此我认为它延长了分歧，也推迟了问题得到稳定解决的时间。"[2]

从金斯伯格自20世纪70年代以来接手的诉讼案中，我们可以找到她批评罗伊案的根源。在1972年的斯特拉克诉国防部长案*中，金斯伯格首次明确表达了她的观点，即基于怀孕的"不利待遇"等同于性别歧视。金斯伯格挑战了一项要求空军的所有女性在怀孕后须立即退伍的规定，她指出这项规定等同于违宪的性别歧视，因为它对待怀孕的态度比对待其他影响男女两性的暂时性失能的态度要严厉得多。由于此案后来失去了实际意义，金斯伯格最终无法再说服最高法院采纳她的观点，但她已播下了一粒种子。

尽管金斯伯格批评了罗伊案的裁决，但她从未公开质疑隐私权本身的宪法基础。她在斯特拉克案的诉状中指出："在生育和亲密的个人关系方面的个人隐私是一项权利，这一权利牢固地嵌入了这个国家的传统和最高法院的判例之中。"尽管金斯伯格对罗伊案中的那项过度裁决多有批评，

---

* 斯特拉克诉国防部长案，下文中亦称"斯特拉克案"。1970年美国空军把怀孕的护士苏珊·斯特拉克（Susan Struck）从越南遣送回国，并根据规定要求她退伍，不退伍就须终止妊娠。斯特拉克提起诉讼，她指控这项规定违反宪法，最高法院听取了她的申辩。联邦首席政府律师格里斯沃尔德后来判断政府会在最高法院败诉，他说服空军，使其废除相关规定并让斯特拉克恢复原职。此后他通知最高法院该案已不存在争议，因而已无实际意义，最终撤销了斯特拉克案。

但她对堕胎权的另一立场可能具有更广泛的影响力。1984年，她在北卡罗来纳大学的一次演讲中明确指出政府负有一项平权义务，即为贫困女性堕胎提供资助。她表示最高法院在 1980 年支持的一项名为《海德修正案》*的联邦法律侵犯了贫困女性的平等权，因为该法律规定政府应为所有必要的医疗程序提供资助，只有堕胎除外。她总结道："如果最高法院承认了一个女人在生育选择上的平等地位，那么大多数人可能会将这类公共援助案视为——借用史蒂文斯大法官的话来说就是——主权者违背了其'公平治理的义务'的例子。"[3]

金斯伯格的核心前提就是反堕胎法和针对孕妇的就业歧视一样，都是基于将女性视为看护者的"刻板假设"。今天，支持堕胎选择权的学者、辩护律师和其他公民，包括数百万的年轻女性都接受了她对平等而非隐私的强调，亦即平等才是选择权最可靠的宪法基础。

此外，金斯伯格对最高法院会逐步削弱罗伊案之影响的预测也被证明是有理有据的。正如她在麦迪逊演讲中所说："经验告诉我们，理论上的枝干如果成形过快，那就有可能会不稳固。"[4] 退潮的第一个迹象出现于 2007 年的冈萨雷斯诉卡哈特案†，最高法院对该案作出了一项 5 比 4 票的裁决，肯尼迪大法官撰写的多数意见维持了联邦政府

---

* 1976 年，美国国会通过了一项《海德修正案》，规定美国卫生部的拨款不得用于资助任何堕胎行为，除非是为了挽救女性的生命。
† 下文中亦称"卡哈特案"。

在2003年颁布的所谓"怀孕晚期堕胎"禁令。金斯伯格写下了一份言辞激烈的异议，称肯尼迪的裁决"令人震惊"，并特别批评了他的主张，即堕胎的女性可能最终会对自己的决定感到后悔，而且这是"不言而喻的"。金斯伯格写道："这种思考方式反映了一些有关女性在家中地位的古老观念，而根据宪法，这些观念早已无法取信于人了。"她从未忘记肯尼迪的那一票；2011年，我在《新共和》上撰文称肯尼迪"在对限制堕胎和同性恋权利的法律进行投票时，站在了自由派一边"，她来信表示反对："在同性恋权利方面，你的看法（迄今为止）可能是准确的，但冈萨雷斯诉卡哈特案和此前的斯坦伯格诉卡哈特案呢？在斯坦伯格诉卡哈特案中，肯尼迪在最高法院对废除各州的怀孕晚期堕胎禁令所作的5比4票的裁决中不是持异议吗？"尽管如此，金斯伯格也始终都在她能够发现共识的堕胎案中寻求共识。在2014年的麦卡伦诉科克利案中，她就加入了裁决意见，最高法院在当时一致推翻了马萨诸塞州在堕胎诊所周围设立35英尺（约10.7米）缓冲区的法律，理由是以这种方式限制反堕胎活动侵犯了抗议者的第一修正案权利。

在我们的对话中，我反复询问金斯伯格大法官是否认为罗伊案会被推翻。奥康纳大法官在2006年退休之后，金斯伯格多次表示自己很担心罗伊案会受到限制，那些生活在堕胎权本已受限的地区的贫困女性会受到最大的影响。但到了2018年，肯尼迪大法官退休后一个月，她跟我说她还是抱有半信半疑的希望——最高法院不会恣意推翻里程碑式的先例，罗伊案中保障怀孕早期生育选择权这一核心会得到保留。

罗：罗伊诉韦德案会被推翻吗？

金：在凯西案中，最高法院本有机会将其推翻。有一种代表奥康纳大法官、肯尼迪大法官和苏特大法官的强烈意见认为罗伊诉韦德案自1973年以来已经成了这片土地上的法律，我们要尊重先例，罗伊诉韦德案不应被推翻。如果最高法院坚持这一立场，那么该案就不会被推翻，无论在位的是民主党总统还是共和党总统都无关紧要。

罗：如果罗伊案被推翻，后果会有多严重？

金：那对不富裕的女性来说就很不利了。如果我们想象一下最坏的情况，罗伊诉韦德案被推翻，也依旧会有很多州不会再走回头路。国会或州立法机构做什么并不重要，总还有其他的州会提供这种便利，只要承担得起费用，女人们就可以去做。只有付不起钱的女人才会受影响。

罗伊诉韦德案是在1973年作出的裁决。两代年轻女性在成长过程中都逐渐认识到她们可以掌控自己的生育能力，而且事实上也可以掌控自己的人生命运。我们再也不会回到过去的样子了。罗伊诉韦德案在那个时代并没有多少争议。这是一项7比2票的裁决，只有两人持异议。即便是罗伊诉韦德案还在进行之时，也已经有四个州的女性至少在怀孕早期有权在安全合法的情况下去堕胎，只要她们想这么做，而现在可远不止四个州了。这意味着任何有钱去旅行，乘飞机或火车前往可以堕胎的州的女性都不存在这种问题。任何有办法到另一个州去旅行的女性——你甚至不必去日本或古巴——都可以安全地堕胎。所以受影响的就是穷人——不管一个州立了什么法，不管最高法院怎么判——只有贫困女性会受苦，我认为如果人们能意识到这一点，那他们的态度或许会有所不同。

罗：辩护律师们该如何确保贫困女性的生育选择权？立法机构可以信任吗？或者法院有必要保持警惕吗？

金：鉴于各州强加的这些限制，你还怎么能信任立法机构？想想得克萨斯州的立法，它会导致大多数诊所停业。法院也不可信。回想一下（冈萨雷斯诉）卡哈特案的裁决，它可以追溯到拒绝将医疗补助覆盖到堕胎的那两项裁决。我不认为这是个法院对阵立法机构的问题。我看这两者都在朝着错误的方向前进。这个问题需要那些关心贫困女性的人来解决。具有讽刺和悲剧意味的是，任何有钱的女人都可以到美国某地去安全地堕胎，但缺乏旅行经费或不得不上班的女人就做不到。没有多少选民会关心这种对贫困女性权利的限制。

罗：怎样才能创造出关心该权利的选民？

金：首先，人权组织的倡议举措可以引发巨大的反响。回到20世纪80年代，我曾在杜克大学发表演讲，当时并没有特别提到堕胎问题，我谈的主要是应该为女性提供平等的机会，让她们成为天赋才能允许她们成为的任何人，不要给她们设置人为的障碍。在提问环节，一名非洲裔美国男子评论道："我们都知道你们这些纯白的女人在想什么。你们就是想杀掉黑人婴儿。"这就是非洲裔美国人社区中的一些人对这一选择权运动的看法。所以我认为如果民权组织能重点关注选择权的缺失对非洲裔美国女性的影响，那一定会有所助益的。

归根结底，人们必须自己组织起来。想想《怀孕歧视法案》*吧。最高法院曾表示基于怀孕的歧视并不是基于性别的歧视，是一个联盟团体组织起来让《怀孕歧视法案》获得了通过。美国公民自由联盟是其核心参与者，但所有人都给予了支持。这必须始自人民。没有这种推动力，立法机构也不会有所行动。

罗：这还是那个问题的不同版本：最高法院在罗伊案中犯了什么错误，在其他案件中该如何规避类似的错误？

金：得克萨斯州的那项法律是全国最极端的。除非必须挽救女性的生命，否则不准女性堕胎。会不会毁了女性的健康并不重要，她们怀孕是因为残忍的强奸还是乱伦也

---

* 《怀孕歧视法案》于1978年通过，该法案进一步扩大了性别歧视的定义，将女性怀孕、生育或相关的医疗状况都纳入其中，禁止雇主因上述原因而在雇用、升迁、停职、解雇或其他与就业有关的事项上歧视女性。

无关紧要。所以这起案件提交到最高法院以后，最高法院可以简单地说，这太极端了。它完全不尊重女性的自由权，所以是违宪的，句号。伟大的宪法学家保罗·弗罗因德[*]被问及对罗伊诉韦德案的裁决有何看法时，他说这就像一位（外）祖母为了给朋友留下深刻印象而炫耀外孙/孙子，于是问他："你知道香蕉（banana）怎么拼写吗？"孩子回答说："嗯，我知道开始怎么拼，但我就是不知道该停在哪儿。"

在罗伊诉韦德案所处的那个时代，这个问题已遍及各州的立法机构。有时拥护选择权的人们赢了，有时他们输了，但他们由此组织了起来，而且获得了政治经验。最高法院的这一裁决在霎时间使得这个国家的每一项类似的法律都直接违宪了，即使是最开明的法律都概莫能外。所以获胜的那些人说，"太棒了，我们做到了，我们彻底赢了。这是最高法院带给我们的胜利"。接着发生了什么？反对声此起彼伏，反对者不是一个州接一个州地为保留堕胎限制法而展开壕沟战，而是瞄准了一个明确的目标：非民选的最高法院大法官们。所以其论点就是能够作出这个裁决的应该是民选议员，而不是当时那九个老头儿。

这一法律曾处于一种变动不居的状态。有很多州，包括我的家乡纽约州过去都允许女性在怀孕早期进行安全堕胎，没有任何问题。有四个州都持这种立场；还有些州需

---

[*] 保罗·弗罗因德，美国法学家、法学教授。他一生的大部分时间都在哈佛大学法学院任教，以撰写有关美国宪法和最高法院的著作而闻名。

要提供理由才允许堕胎——比如女性的健康、被强奸、乱伦。所以这一法律处在一种变化的状态。我认为这种变化如果能持续下去会更有益。最高法院本应废除最极端的法律，然后各州自会对此作出反应。最高法院通常不会大步迈进，而是逐步前行。对这种谨慎的运作方式来说，罗伊诉韦德案就是一次戏剧性的例外。

罗：你批评当时的最高法院，是因为他们在罗伊案中抢在了舆论的前头。

金：最高法院是一个回应性机构。你要对提交到最高法院的争议作出回应。罗伊诉韦德案，我应该说得很明确了——我认为其结果是绝对正确的。得克萨斯州的那条法律是全国最极端的；最高法院本可以（只）对摆在它面前的案件作出裁决，这是最高法院惯常的运作方式。它本应裁定得克萨斯州的那条法律违宪，没有必要宣布全国所有涉及堕胎的法律都违宪，甚至那些极为开明的法律也在所难免。这不是法院惯常的运作方式。它不该迈大步。

我知道现在有很多人都认为我对这一案件的判断是错误的。我知道在罗伊案之前很久就有一场声势极壮的生命权运动；在罗伊案之后，这场运动还在继续。但他们现在有了一个罗伊案之前并不存在的目标。

我批评的另一个方面是：如果你读一读罗伊诉韦德案的意见，你就会得出这么一个印象，这主要是一起有关医生权利的案件——医生有权采取他认为病人需要的诊疗方式。你还会产生这么一个印象，这当中有一名医生和一个小女人——绝不会只有一个女人的形象。总是一个女人在咨询她的医生。我对于选择权本应如何发展的想法无关乎隐私概念，也无关乎医生的权利概念，而仅关乎一个女人掌控自身命运的权利，让她能在一种没有老大哥式的国家告诉她什么能做什么不能做的情况下作出选择。

罗：这是你对性别平等的法学所作的巨大贡献。你认为最高法院有朝一日会不会最终承认堕胎权是一个涉及性别歧视的问题？

金：嗯，我想这一主题在凯西案的裁决中已有所反映。最高法院本有机会推翻罗伊诉韦德案，但它表示："不，几代人在成长过程中已经明白——姑娘们在成长过程中已经明白——如果她们需要，她们就可以去做。"凯西案的裁决灌输了这样一种健康的观念，那就是堕胎必须取决于女人的选择。

罗：你在冈萨雷斯诉卡哈特案中提出的异议批评最高法院背离了凯西案中已获承认的平等原则。

金：那是一个怀孕晚期堕胎案。我对最高法院的态度感到担忧的原因是他们并没有把这个女人视为真正的成年人。意见中说这个女人在有生之年会对自己的选择感到后悔。这完全不是最高法院应该想到或说出的话。成年女性能够决定自己的生活方向，而且一点都不亚于男性。所以，是的，我认为最高法院在卡哈特案中表现得太过分了。这是一种新形式的"老大哥必须确保女人免受自身软弱和幼稚误判的伤害"。

罗：你反对多数意见中的那种家长式论调，即想象女人需要获得免受自身选择伤害的保障，也就是说她们可能会对自己的选择感到后悔，会在重新考虑后改变主意。

金：是的，他们认为必须确保女人免受自己误判的伤害，假以时日，她们会明白自己犯了一个可怕的错误。但成年人都会犯错。她们都是成年人。她们有权自己作出判断。

罗：在麦卡伦诉科克利案中，涉及第一修正案和堕胎诊所的意见似乎是一致的，但你也指出这类看似意见一致的案件中有一些实际上潜藏着深层的分歧。跟我们讲讲这个案子吧。

金：该案的起因是马萨诸塞州想对付堕胎诊所前的示威者。当地立法机构通过了一项法律，说我们要在诊所周围设立一个35英尺的缓冲区，无关人等不能越过那条线。该案中发起诉讼的是一群自称为劝告者的女性，她们说，我们没有投掷石块，我们也没有大喊大叫，我们就是想在那些女人走进诊所之前和她们谈一谈，告诉她们还有其他选择。但我们没法接近她们，因为有这个35英尺的缓冲区。最高法院曾作出一项关键裁决，即当言论会危及他人之时，州政府可以限制该言论。因此，对于喧闹的示威者来说，马萨诸塞州可以对她们采取措施，以保护想要进入诊所的人。但马萨诸塞州做得过了火，因为录像显示某些诊所前从未见过一个示威者。大多数示威者去的是波士顿的诊所，而时间大多是在周六。所以最高法院裁定，是的，你可以制定一些限制性规定来保护那些进入诊所的人，但你不能做得太过分，以至于像本案中原告这样的人都受其所限。最高法院作出的指示是，马萨诸塞州，重新考虑一下你们的法律，想想还有什么限制更少的办法，没必要没日没夜地在每个地方都设置一个35英尺的缓冲区。

最高法院对第一步——你能针对那些企图阻碍人们进入诊所的人制定这些法律吗？——就存在强烈的分歧。最高法院说，是的，你可以。最高法院在这个问题上产生过分歧，这是非常重要的，因为当立法机构通过了一项法律来保护诊所大门时，只要他们做得合理，只要他们做得不过分，那就没问题。这是该案的要旨所在。

安东尼·肯尼迪大法官被布雷特·卡瓦诺大法官[*]接替之后，我在一次采访中再次向金斯伯格大法官问到她是否认为罗伊诉韦德案会被推翻。

罗：我们上次谈话是在一年前，你当时对罗伊案不会被推翻还抱有半信半疑的希望。

金：我还是这么看。我抱有希望的一个原因是，想想

---

[*] 布雷特·卡瓦诺，2018年接替肯尼迪成为最高法院大法官，保守派，曾担任肯尼迪的法官助理。

老酋长（威廉·伦奎斯特）吧。当我们面对"米兰达案*应该被推翻吗？"这个问题时，他挽救了这个案例，尽管我都不知道他对这个案例批评了多少次。如果你拿伦奎斯特支持《家庭和医疗休假法案》的裁决来比较一下，你肯定想不到这是一个曾坐在70年代审判席上的大法官。罗伯茨就曾经做过伦奎斯特的法官助理。

罗：你认为卡瓦诺大法官会像肯尼迪那样投票吗？

金：在一些会引发争议的问题上可能不会。

罗：所以这都取决于首席大法官，现在他就是最高法院的中心，很多事情都要由他来定。

金：卡瓦诺做过肯尼迪的法官助理，我想那应该是我进入最高法院的第一年。

罗：你对那些新的旨在挑战罗伊案的核心并宣称生命是从受孕那一刻开始的胎儿生命法怎么看？

---

* 米兰达案，即米兰达诉亚利桑那州案。1963年，美国公民米兰达因涉嫌抢劫、绑架和强奸一名18岁女性而被菲尼克斯警察逮捕。他在警局接受了两小时的讯问并在一份自白书上签名，在其后进行的简short审判中，法庭根据米兰达的供词判其有罪。该案上诉至最高法院后，最高法院在裁决意见中指出"讯问嫌疑人之前，必须清楚地告知他有权保持沉默，他所说的每一句话都将作为呈堂证供，在律师赶到之前，他可以什么都不说，如果他请不起律师，可以为他指定一个"。伦奎斯特一直反对这一意见，他认为这是给打击严重的刑事犯罪设置障碍，其后他还在自编的歌词里用"救救米兰达案"这样的戏谑之辞加以讽刺。然而在2000年的迪克森诉美国案（*Dickerson v. United States*）中，他却撰写了支持米兰达案的多数意见，理由是："米兰达案判决已经融入了警方日常工作，并成为我们国家文化的一部分，无论我们是否认同米兰达判决的推理过程及其最终确立的规则，我们都必须考虑一点，那就是，遵循先例原则绝不允许我们推翻该案。"

金：有些州禁止在医生可以听到胎儿心跳时进行堕胎。这个时间可能是6周左右，有些女人甚至都不知道自己怀孕了。但这归根结底还是一回事。即使在最坏的情况下，罗伊案被推翻了，任何一个有钱的女人也能到美国的某个地方安全地堕胎；也会有一些核心州永远都不会再回到那种不安全的陋巷堕胎的时期。所以只有贫困女性别无选择，有钱的女人则可以自行决定。这作为国家政策还有意义吗？

四 《人权法案》*与平等保护

鲁斯·巴德·金斯伯格对公民权利和公民自由的热情是她在康奈尔大学就读时燃起的。在1950年和1951年，亦即麦卡锡时代的鼎盛期，两名康奈尔大学的教授收到了传票，要求他们到众议院非美活动调查委员会†就其言行作证。金斯伯格和她的公共管理学教授罗伯特·E.库什曼对

---

* 《人权法案》，即美国宪法第一至第十修正案，由詹姆斯·麦迪逊起草，1791年通过。其中包括：1.言论、宗教、和平集会自由；2.持有与佩带武器的权利；3.民房免于被军队征用；4.免于不合理的搜查与扣押；5.正当法律程序，一罪不能两判，禁止逼供，禁止剥夺私人财产；6.未经陪审团审议不可定罪及剥夺被告的其他权利；7.民事案件中要求陪审团参与的权利；8.禁止过度罚金与酷刑；9.未被列入的其他权利同样可以受到保护；10.人民保留未经立法的权利。

† 众议院非美活动调查委员会创立于1938年，于1975年被废除。

他们的听证会进行了讨论,后者曾邀请金斯伯格担任他的研究助理;他们一起举办了一次古往今来遭焚书籍的藏书展,其中就包括一些被麦卡锡及其支持者认定为不忠于国家的书。[1]在抗击对公民自由造成的威胁方面,金斯伯格对律师这一角色的尊重在米尔顿·康维茨教授论述美国理想的课程中又得到了进一步发展,该课程探讨了宪法的哲学基础。康维茨曾在全国有色人种协进会法律辩护基金会担任瑟古德·马歇尔的助理,当时专注于警察暴力案件。库什曼则鼓励金斯伯格去法学院学习,而她此后在法学院也将马歇尔的诉讼策略引为楷模。

当我问到金斯伯格最喜欢的多数意见时,毫不意外,她一开始就谈到了1996年的那起弗吉尼亚军事学校案*。在更早期的几次谈话中,她就已经强调了废止弗吉尼亚军事学校的全男性招生政策的重要性;在她看来,该案代表着她对单一性别公立学校的挑战达到顶峰,这种尝试始于20世纪70年代对费城中心高中全男性招生政策的挑战。[2]

比较异乎寻常的是她对同年判决的另一起案件的重视,而她也坦承这起案件并没有得到太多关注。在M.L.B.诉S.L.J.案中,最高法院以6比3票推翻了密西西比州的一项法律,该法律规定,女性在任意一起终止其亲权†的民事案件中对法庭判决提出上诉的资格要以她有能力支付2000多

---

* 弗吉尼亚军事学校案,即美国诉弗吉尼亚州案(*United States v. Virginia*)。——编注

† 亲权是指父母管教和保障未成年子女及其财产的权利和义务。

美元的庭审记录费为前提，金斯伯格为这次裁决撰写了多数意见。在此前的各类案件中最高法院曾表示，涉及基本权利的刑事案件的上诉权，不能以是否有能力支付材料费为条件；金斯伯格的结论是"作出永久终止亲权的判决"的民事案件，也属于"国家不能'闩上平等司法之门'的案件"。针对克拉伦斯·托马斯大法官*认为这一裁决将会为诉讼"打开闸门"的异议，金斯伯格在回应中强调"关于婚姻、家庭生活和抚养子女的选择权属于本院所列的'在我们的社会中具有根本重要性'的联结权利"，而"终止亲权的判决则是最严厉的国家行为形式之一"。[3]此案结合了金斯伯格多年来教授民事诉讼程序的经验，因此她相信程序性的记录备案要求会给贫困的诉讼当事人带来负担。她对那位单亲妈妈的权利表示关切，后者被法院判定为不称职家长，却没有得到一个有意义的上诉机会。

在涉及言论自由和宗教自由的案件中，金斯伯格在联邦上诉法院也是以坚定的公民自由意志主义者身份著称。作为政教分离的坚定倡导者，她担心以宗教理由豁免普遍适用的刑法和民法会引发这样的风险：将宗教和政府纠缠到一起并削弱反歧视性法律。出于这一原因，身为下级法院法官的金斯伯格曾作出过一项不利于埃塞俄比亚锡安科普特教会某位牧师的裁决，这位牧师认为第一修正案允许

---

* 克拉伦斯·托马斯，美国法学家，自1991年以来担任美国联邦最高法院大法官，是继瑟古德·马歇尔后的第二位非洲裔大法官，坚定的保守派。

他将大麻用于宗教活动，让他不受联邦大麻禁令的约束。[4]她在好必来公司案[*]中撰写的异议也援引了这一原则，在该案中，最高法院以5比4票裁定好必来公司因其所有者的宗教信仰而无须遵循《平价医疗法案》[†]规定的节育保险义务。

尽管如此，金斯伯格还是支持给那些有宗教信仰的个人提供合理的变通待遇，比如她曾将那些遵守安息日习俗的人与孕妇所合理享受的变通待遇相提并论。2015年，就在最高法院对一起名为杨诉联合包裹运送服务公司案[‡]的案件作出裁决之前，她表明了自己的信念，即根据1978年的《怀孕歧视法案》，联合包裹运送服务公司必须给怀孕期间无力举起20磅（约9千克）以上重物的员工提供变通待遇，而这一信念最终被六名大法官接受。[5]如金斯伯格所说，国会将怀孕歧视界定为性别歧视的一种形式的决定，否定了最高法院在5年前所作的一项结论刚好相反的裁决。在戈

---

[*] 好必来公司案，即伯维尔诉好必来公司案，该案起因是好必来公司以雇主的宗教信仰为由拒绝为女性雇员提供节育医保，于是遭到雇员起诉，最高法院最终裁定好必来公司胜诉。
[†] 《平价医疗法案》，后文中亦称"医保法案"。——编注
[‡] 杨诉联合包裹运送服务公司案，联合包裹运送服务公司的员工杨在休假期间怀孕，此后她想返回工作岗位，却被强迫在孕期休无薪假。虽然该公司会给因公受伤者和残障者重新分配负荷较轻的工作，但孕妇不在其列，于是杨以怀孕歧视为由将该公司告上了法庭。

杜尔迪格诉艾洛案[*]中，波特·斯图尔特大法官[†]代表最高法院撰写的意见裁定加州可以补偿除孕妇以外的所有存在职业性失能的员工，此举并不违反宪法的平等保护条款（1976年的通用电气公司诉吉尔伯特案根据1964年的《民权法案》第七章也得出了同样的结论，该法案禁止"基于性别"的歧视）。斯图尔特认为加州的法律没有歧视男性或女性，而只是对"孕妇和非孕妇"作出了合理的区分。[6]

国会将怀孕歧视裁定为性别歧视，这证明金斯伯格长期坚守的信念是正确的。最高法院在1979年作出的一项裁决重申了一个原则，即只有故意歧视女性才违反宪法，因此优先雇用退伍军人并非歧视，尽管它产生了排斥女性的效果。金斯伯格和美国公民自由联盟的专职律师苏珊·德勒·罗斯在《纽约时报》上发表了一篇专栏文章，呼吁国会驳回最高法院对《民权法案》第七章所作的需要故意歧视的解释。她们认为国会还应该立法禁止无意的歧视，并将重点集中于孕妇在工作场所受到的差别待遇上。她们写道："如果把孕妇排除在标准的附加福利项目之外不是性别歧视，那么解雇孕妇，拒绝雇用她们，强迫她们休无薪长假，或是在她们重返工作岗位时剥夺她们的资历权益是性

---

[*] 戈杜尔迪格诉艾洛案，美国加州曾实行过一种失能保险制度，参与者将工资的1%存入该保险基金，如果身体失能则可获得补偿，但这一保险制度不保障因怀孕而造成的失能。有人认为这有悖于平等保护条款，于是提起了诉讼。

[†] 波特·斯图尔特，美国联邦最高法院大法官（1958—1981）。

别歧视吗？"[7]国会迅即顺水推舟通过了《怀孕歧视法案》，该法案明确规定《民权法案》第七章禁止工作场所的性别歧视中包括基于怀孕的歧视。

然而到了1984年，女权主义者之间的共识彻底瓦解了。分裂的催化剂是加州的一项给孕妇提供特殊产假的法律。金斯伯格此时已成为一名联邦法官，但美国公民自由联盟根据她所发展的理论辩称加州的这一法律不符合《怀孕歧视法案》的规定，即孕妇应该和其他暂时失能的员工"受到同等对待"。美国公民自由联盟指出，与其废止给予女性的特殊产假，最高法院不如将这类产假扩展至男性——再次援引了哈伦大法官在韦尔什案中的观点，即在涉及歧视性法律的案件中，"扩展"可以有效地替代"废止"。

美国公民自由联盟中为此案撰写诉状的工作人员受到了加州各个女权组织的"恶毒攻击"，她们指责前者是在反对女性。这些团体指出，尽管给予孕妇特殊福利违反了形式上的平等，但这些福利对她们而言是必需的。她们认为大多数工作场所都是以男性为中心而设计的，所以女性需要被区别对待，这样才是平等对待。

在1986年的一次演讲中，金斯伯格默许了美国公民自由联盟的立场，她特别提到了为女性提供特殊怀孕福利所产生的"回旋镖效应"，因为这一开始就会降低女性被雇用的可能性。她还指出了另一项立法选择——《家庭和医疗休假法案》，该法案创立了男女两性都可以申请的育儿福利。[8]但在1987年的加州联邦储蓄与放款协会诉格拉案中,最高法院支持了加州的法律,拥护特殊待遇的阵营宣告了自己的正当性,随后其领导者就紧紧抓住这一胜利,打算为孕妇争取更为激进的福利。

女权主义者之间关于怀孕福利的辩论对堕胎选择权本身的法律地位产生了戏剧性的影响。正如金斯伯格在1986年的一篇文章中指出的:"将怀孕歧视定性为性别歧视,需要对平等保护的模式进行比较分析。其重点是女性的生育过程中有哪些地方并不是独一无二的。"相比之下,女权主义者所关注的差异则在于生育的独特之处。她们主张给孕妇以特殊待遇,理由是男女存在生殖差异,因而并非处于"类似的处境"之中。这与斯图尔特大法官在1974年所引用的那一前提相同,即歧视孕妇是允许的。

正因如此,金斯伯格才坚持认为基于怀孕的歧视是基于性别的歧视的一种形式,这对于她寻求隐私权的替代方案至关重要,由于隐私权在宪法中并没有明文表述,因而无法成为保障女性生育权的坚实法律基础。金斯伯格更愿意在女性的隐私权可以与宪法文本相关联的情况下为她们伸张隐私权,例如第四修正案所禁止的无理搜查和扣押。

罗:你认为自己撰写的哪份意见在促进公民自由方面

的贡献最大？

金：噢，杰夫，这好比是问我最喜欢四个孙辈里的哪一个。太多了。好吧，在女权领域的话，那就是VMI案。

罗：跟我们说说这几个首字母的意思。

金：VMI，我想你知道，就是弗吉尼亚军事学校，一所由州政府资助的排斥女性的学校。问题在于一个州能否维持这样一个为某一性别提供巨大福利的机构，却把另一个性别排除在外。很多人对VMI案有疑问，他们是这么说的：好吧，为什么一个女人会去那所学校，将自己置于梯绳之上？我的回答是："嗯，我不会。我女儿不会。你，虽然你是个男人，但你也不会。不过还是有一些女性已经准备、愿意并且能够经受住弗吉尼亚军事学校的严酷考验。为什么不给她们一个应有的机会呢？"那次裁决让我很满意。

就像我丈夫说的，写下这份意见意味着我在时隔20年后赢得了沃奇海默案*。这个案子是怎么回事呢？费城为那些有天赋的孩子创立了两所学校。一所叫中心高中，另一所叫女子高中。我想这两个名字已经能说明一些问题了。有个年轻姑娘想去中心高中，因为那里的科学和数学资源更好，操场也更好，但她没这个机会，所以她提起诉讼，说自己没有得到法律的平等保护。她在初审法院获得了胜诉，那是一所联邦地区法院。在上诉程序中，她又以1比2败诉。此案提交到最高法院，最高法院的投票平分为4

---

* 沃奇海默案，即沃奇海默诉费城地区学校案。——编注

比4。*出现这种情况的时候，我们是无法作出判决的；我们只能维持下一级法院的判决，而且这对任何其他案件都没有先例价值。所以这些联邦大法官在这个案子上是势均力敌的。到我们受理弗吉尼亚军事学校案的时候，裁决是以7比1票作出的，而这对我来说就是这20年变迁的一个标志。

罗：再给我们讲一个你最喜欢的多数意见吧。

金：在民事案件方面有一项裁决没有得到太多报道。案名是M.L.B.诉S.L.J.案。最高法院的惯例是，如果你太穷了，请不起律师或付不起重罪案件的庭审记录费，那么国家必须为你提供法律援助。M.L.B.是一名女性，她当时正处于一个要终止其亲权的诉讼程序之中。一名社工说她不适合为人母，因此她的孩子会被带走，而她将被宣告为无子女者。当她在一审法院败诉时，她想上诉。但在那个州上诉，你必须有一份庭审记录。M.L.B.请了一名志愿律师，但她没有购买庭审记录所需的2000多美元。因此该州最高法院表示，抱歉，我们无法受理你的上诉，你还没有付庭审记录的费用。这个案子最后提交到了最高法院。她的论点是，我被剥夺了对我来说最宝贵的东西，做我孩子家长的权利。对她不利的论点是，你处在民事诉讼程序之中。在刑事案件中，如果你很穷，国家会给你提供一名律师，

---

* 由于存在空缺、生病或因利益冲突而回避等情况，最高法院的案件有时会在少于九名大法官的情况下作出裁决。如果只有八名大法官投票，一旦出现平票，最高法院即须维持下级法院的判决。

以及任何必需的费用。但你的案子是民事案件。所以这就是民事案件的区别之处，你要靠自己；刑事案件的话，你的律师和费用都可以由国家买单。我觉得大多数女性都能理解，失去自己的孩子比蹲6个月的监狱更可怕，可怕得多。

从专业上讲，这是一起民事案件，但我说服了最高法院的多数人，剥夺一个母亲的家长身份与刑事定罪一样可怕。最高法院裁定，如果她因为没有庭审记录而不能上诉，那么国家必须无偿为其提供庭审记录。这是对刑事案件和民事案件之间僵化区隔的背离，刑事案件的当事人有权获得国家支付的律师费和国家买单的庭审记录，而在民事案件中，你就没有这些权利，你必须有能力付账。我认为M.L.B.诉S.L.J.案在这方面是一起意义重大的案件，它让最高法院考虑到了像M.L.B.这样的女性被宣告为无子女者会对她产生什么影响。

罗：你已经提到了两个你最喜欢的案例，弗吉尼亚军事学校案和M.L.B.诉S.L.J.案，在这两个案例中，你都说服了自己的男同事，让他们对那些遭受了歧视和不公的女性产生了恻隐之心。但我既喜欢你的多数意见，也同样喜欢你的异议，因为你提出那些异议时总是激情澎湃。在2003年的一起案件中你就提出了异议，也就是史密斯诉无名氏案*。该案与阿拉斯加的性犯罪者登记数据库有关，最高法院支持了该数据库对《性犯罪者登记法案》通过前被判有罪的罪犯的追溯性适用。你在异议中指出这导致当事人失去了恢复名誉的可能性：有关你的所有不良信息现在都放到了网上，但你没有机会提供好的信息，也无法将自己置入某种上下文之中。在你为了捍卫宪法价值而必须站在不得人心的一方的那类公民自由案中，你是怎么想的？

金：在大多数作出了重大的宪法裁决的案件中，起诉人可能就是你我都不愿与之为友或为邻的人——想想吉迪恩诉温赖特案†吧。但如果我们不保护自己不喜欢的人，那

---

* 阿拉斯加的《性犯罪者登记法案》规定所有曾关押于阿拉斯加的性犯罪者的资料都必须在公共安全部登记。虽然有些资料在该部门是保密的，但诸如罪犯的姓名、照片和身体描述等资料则会在互联网上公布，而且该法案具有追溯效力。两名案犯在该法案通过之前就被判犯有性侵罪，两人都提出诉讼，要求根据美国宪法第1条第10款的事后追溯条款宣布该法令对其无效。联邦地区法院作出了对他们不利的判决，上诉法院则认为这种传播影响是惩罚性的，违反了事后追溯条款，因而将其驳回。该案提交到最高法院之后，以肯尼迪为首的多数意见认为该法案的追溯性适用不具有惩罚性，因而未违反事后追溯条款。金斯伯格则认为该法案"意图含糊，实际上具有惩罚性"，而且这种追溯性适用与事后追溯条款并不相容。

† 吉迪恩诉温赖特案，美国青年克拉伦斯·吉迪恩于1961年在佛罗里达州法院被控犯下入室盗窃罪。他没有律师出庭，于是要求法庭为他指派一名律师。然而根据佛罗里达州的法律，指派律师只适用于死刑案件中的贫困被告，所以初审法院没有为其指派律师。吉迪恩在审判中代表自己出庭并被判处5年监禁，他随后向佛罗里达最高法院提交了人身保护令的申请，声称初审法院的判决侵犯了他可由律师代理的宪法权利，佛罗里达州最高法院否决了这一人身保护令的司法救济。案件提交至美国联邦最高法院，该院一致裁定第六修正案对律师援助权的保障可适用于州法院的刑事被告人。

我们也会失去自身的保障。第四修正案可没说你能搜查坏人，但不能搜查好人。

想想和韦斯特伯勒浸信会成员有关的那起案件吧（2011年的斯奈德诉菲尔普斯案）*，他们反对美国参与伊拉克战争，于是决定在阵亡将士的葬礼上发起示威活动，这非常可怕。他们被限制在一个区域之内，不准去教堂附近的任何地方，但人们在通往教堂的那条必经之路上可以看到他们。最高法院的裁决是，这些人无权扰乱葬礼仪式，无权阻塞通往教堂的道路，但他们确实有言论自由权。尽管我们可能会觉得他们的言论非常可恶，但只要他们没有伤害任何人，他们就有说话的权利。政府不能审查我们不喜欢的言论。

你知道，这是自建国以来就一直备受关注的一个问题，在这个国家初创之时，有一幅漫画描绘了一名美国士兵将一名英国保守党人押送入狱的情形。标题是："给那些谈论自由言论的人准备的言论自由"。政府不能告诉我们怎样的思考方式、言说方式和书写方式是正确的，只要我们不危及他人，这一权利就必须得到尊重。我们不能让一个老

---

* 斯奈德诉菲尔普斯案的起因是美军士兵马修·斯奈德在伊拉克因事故去世，在其葬礼期间，韦斯特伯勒浸信会组织其成员发起了反战和侮辱同性恋的示威。此后，斯奈德的家人向法院提起诉讼，要求韦斯特伯勒浸信会承担侵权责任。初审法院作出了有利于原告的判决。韦斯特伯勒浸信会提起上诉，上诉法院推翻了原判决，裁定该会成员言论受宪法第一修正案保护，不承担侵权责任。斯奈德的家人上诉至最高法院，最高法院以8比1票维持了上诉法院的判决。

大哥式的政府告诉我们怎样的思考方式、言说方式和书写方式是正确的。所以我认为这是一个非常重要的案例。我们所有人都认为这是很可怕的事。但美国历史上有很多人，很多可怕的言说者，只因为他们都被允许说话，我们所有人才能感到自己说话的权利是受保障的。你知道《我住的房子》这首歌吗？

罗：没听过。

金：我想是保罗·罗伯逊*演唱的。但不管是谁唱的，它有这么一句歌词："有权说出我的想法，这对我来说就是美国。"

罗：哇噢，了不起。这是首好歌。还是回到其他公民自由案的异议上来吧，你在好必来公司案中提出的异议显然是你感受非常强烈的一些看法。跟我们说说你为什么对这个案子的感受这么强烈。

金：医保法案已经列出了必须向参保员工提供的医疗服务清单，其中就包括节育服务——为女性提供基本的预防性护理。好必来公司的所有者有一种根深蒂固且名副其实的信念，他认为使用某些避孕用品是罪恶的。所以这家公司说他们不会提供这种保险。如果好必来公司是一个宗教组织，如果它是一个为宗教社区服务的非营利性组织——好吧，那永远不会出现这种问题，因为那些人，那些成员

---

* 保罗·罗伯逊，美国著名男低音歌唱家、演员、社会活动家，1923年毕业于哥伦比亚大学法律系。

都属于同一个宗教社区，所以他们甚至根本就不会要求获取避孕用品。但好必来公司做生意是为了营利，它雇用了数百名并无这类宗教信仰的女性。所以我的观点就是，如果你要雇用一些人，一个多样化的员工群体，那你就不能把你的信仰强加给那些为你工作的人。如果这就是你想作出的选择，如果你就是想做生意，那你必须遵守所有其他企业都要遵守的规则，你不能因为自己的信仰而让那些没有这一信仰的员工处于不利地位。这基本上就是我在好必来公司案中的立场。

罗：你会不会担心这一裁决有可能会扩展到允许各种组织申请免受那些普遍适用的歧视法的限制？

金：嗯，我们静观其变吧。我想说的就是最高法院正在步入一片雷区。我在异议中举了几个例子。其中一个例子是某个教派坚持认为，一个女人如果没有得到父亲或丈夫的许可就不能去工作。那么持这种观点的雇主是否可以说"我知道《民权法案》第七章，就业法是反歧视的。但这就是我的宗教信仰，所以我必须获得法律上的豁免"？这只是其中一个例子。还有很多其他的例子。

我在特区上诉法院工作的那几年里受理过一个案子，那是埃塞俄比亚锡安科普特教会因为圣餐问题而提起的诉讼案。他们的圣餐就是大麻。乡土美洲教会只会在宗教仪式上吸食佩奥特掌*，而且会非常小心地看守，以确保没有人在迷乱状态下离开……但这个教派与之不同，他们的圣餐就是全天候地、没日没夜地吸食大麻。所以他们想为这种根深蒂固的宗教信仰寻求一种变通政策。

看看好必来公司案的裁决会给我们造成什么影响吧，这肯定会很有意思。

罗：有没有一个案例是你希望从头来过的？有没有一个你后悔作出的裁决或者你希望自己能更有力地表达出来的立场？

金：我要把爱德华·塔姆法官†在我刚担任特区上诉法院法官时给我的建议复述一遍。他是这么说的：认真研究每一项意见，一旦作出裁决就不要回头；继续下一个案件，并且全心投入。担心会造成什么后果或释放出什么信号是不会有成效的，过去了就放下。这是我现在要给法官这一行里的新手提的建议。

罗：另一方面，你也不想在面对不断变化的技术时变

---

* 佩奥特掌（peyote），一种含有致幻剂成分的仙人掌，原产于北美，经常用于印第安人的某些宗教仪式之中。
† 爱德华·塔姆，曾任美国哥伦比亚特区巡回上诉法院法官以及哥伦比亚特区联邦地区法院法官。

得食古不化。我在赖利诉加利福尼亚州案*中发现你们作出了一项鼓舞人心的一致裁决,也就是你们九个人在去年所作的那项有关手机的裁决,你们都认为警察在逮捕某人时进行"手机搜查"并查看其中信息的行为与那份引发了美国独立战争的通用搜捕令如出一辙,因为我们的性命都放进手机里了。你是怎么——我觉得你对科技并不是很熟。我认识你很久了。你手机上都有哪些类型的应用程序?

金:嗯,你知道,在庭辩中有人说最高法院大法官身上不会带两部手机。我就会带两部。

罗:是吗?你有两部?

金:对。

罗:一部私用,一部公用,这很明智,我们都应该学一学。

金:不,一部我用起来很轻松,另一部就不行。过去的规则是,如果你被捕,那么任何东西,你口袋里的任何东西都是可以扣押的。所以如果你带了一个钱包或一本日记,而警察有合理的理由逮捕你,那他们就可以拿走你身

---

* 赖利诉加利福尼亚州案,2009年,戴维·赖利因违反交通规则被警方拦下。检查车辆时,警方发现他私藏武器,于是将其逮捕。其后,警察搜查了他身上的手机,从中找到了他是帮派成员的证据;后又发现他在不久之前实施了一起黑帮枪击事件。赖利认为警方侵犯了第四修正案赋予他的不受无理搜查和扣押的权利。该案上诉至最高法院,九位大法官作出了支持赖利的一致裁决,首席大法官罗伯茨撰写的意见认为逮捕后的无令状搜查例外必须是为了保护警察的安全和保存证据,而这两者在警察查看手机数据时都不成问题。这些数据无法被用作伤害警察的武器,而警察也可以在等待搜查令时保存证据,亦即将手机断网并放入"法拉第袋"中。手机应被视为装了大量私人信息的微型电脑,这与传统的可以从被捕者身上扣押的钱包等物品截然不同。

上的任何东西。因此政府就竭力主张一个人口袋里装的手机就像一个钱包或一本日记一样。好吧，最高法院足以精明地认识到你能塞进一部手机里的东西远远超过了开国元勋时代的一间摆放了文件柜的办公室的容量。所以最高法院说不行，如果……警方想搜查一部手机，他们必须依照搜查和扣押的宗旨行事，也就是拿到一份搜查令。去找一位公正的治安法官，然后提出你需要查看这部手机的充分理由。

罗：这些科技案件实在让人着迷，而且非常重要，因为就像你说的，人们都活在自己的手机里，这点你很清楚。在一起涉及全球定位系统（GPS）跟踪的案件中，也就是美国诉琼斯案*中，最高法院再次作出了一致裁决，尽管在推理上存在重大分歧，但你们都认为警察不能在嫌疑人的车底安装GPS设备并全天候地跟踪他一个月。有人认为在首席大法官提出第一个问题时辩论就已经失去了意义，他问的是：政府的立场就是你们可以在本院成员身上装设GPS设备并跟踪我们的行动吗？律师回答是的时候，这个案子就了结了。这一裁决是基于第四修正案，而不是隐私权。

金：宪法中没有关于隐私权的条款。只有第四修正案

---

* 美国诉琼斯案，哥伦比亚特区一家夜总会的老板安托万·琼斯于2005年10月24日因涉嫌藏有毒品被捕，此前警方未经司法许可即在琼斯的车上安装了一个跟踪器，并跟踪了他一个月。特区上诉法院判其有罪，但同时表示警方在未获授权的情况下不能对嫌犯进行跟踪监控。最高法院的一致裁决维持了下级法院的判决。

保护人民免受不合理的搜查和扣押。但这里有一个概念，一个重要概念，那就是自由的概念——我们有权自由地生活，不应被一个老大哥式的政府监视。这一理念出自一种对自由的保障，正当法律程序的保障，而非出自一种明确的隐私权。

罗：另一个经常被提到的公民自由问题是，在美国的外国人是否享有和美国公民同样的隐私权。

金：嗯，我可以给你这样的答案：我国境内的任何人都有权享有正当法律程序和平等保护，因为宪法说的就是人（persons）。所以我们可以找到第十四修正案，上面就写着："……任何一州都不得在未经正当法律程序的情况下剥夺任何人的生命、自由或财产；州在其管辖范围内也不得拒绝给任何人提供法律上的平等保护。"使用人这个字眼意味着任何人都有权享有正当法律程序和法律上的平等保护。

此外，我认为无论一个美国的代表在哪里展开行动，我们的宪法都可以为她（her）提供指导。不过，目前多数方不认同这个观点。

在德国分裂的那段时期里，有一个极不寻常的案子。两个来自东德的人在华沙劫持了一架飞机，并且飞到了西柏林。劫机是犯罪，但这让德国人很尴尬，因为在他们看来，只有一个德国，而不存在西德或东德，所以如果你住在东德，你本可以自由进入西德。因此西德和东德当局对这个案子束手无策。美国伸出了援手。他们说第二次世界大战后美国在柏林留下了一所法院，我们会重启它，而且会派一位美国联邦地区法院的法官来主持审判。这一法院会依据德国刑法进行审判，但由美国法官来审理。这位美国法官到了以后问的第一件事就是："这些人在哪里？他们有律师吗？"他们没有，于是他确保他们都有了优秀的律师。然后他说，"好吧，现在我们需要一些陪审团候选人"。陪审团候选人？德国人用不着陪审团。这位法官说：我要用。无论我在哪里，无论我在何地行使我的权力，美国宪法所保障的权利必须得到尊重。美国国务院对这个想法一直深感不安。审判遵循了所有美国的规则，被告们得到了在美国法院受审时会得到的所有保护。但他们是在一家德国的法院受审，而适用法，即适用实体法*是德国的刑法。

罗：这是个好例子。就像你说的，最高法院的多数方持不同意见，但也有个别法官支持上面这位美国法官的看法。

现在我们来谈谈宗教自由吧。当少数宗教信徒发现自己和一般性适用法规相冲突时会发生什么情况？

金：给宗教习俗提供的变通待遇已经有了，比如遵守安息日习俗的人就享有这种待遇。如果雇主能在不妨碍其他员工的情况下提供变通待遇，那么雇主就必须这么做。

---

* 实体法指的是创制或规定权利和义务的法律，它处理个体之间、个体和国家之间的法律关系，与程序法相对，后者更多关注权利与义务的施行。——编注

可在好必来公司案中，为了迁就企业主的宗教信仰，政府竟要剥夺国会承认员工理应享有的保险。这个看法我以前说过——是的，要变通，但不是在你的胳膊打到另一个人的鼻子时给你变通。不过没错，所有合理的变通都可以有。

我们在今年开庭期的晚些时候会审理一起案件，当事人是一名为快递服务公司工作的女性。她是名司机，负责运送包裹。她的医生告诉她，怀孕期间不能抬20磅以上的重物。她的同事们准备、愿意也有能力去帮她干一些她干不了的重活，但雇主拒绝了：我没必要迁就你。你没有残疾。我必须迁就残疾人，但怀孕不是残疾。所以她被解雇了，当她生完孩子后被重新雇用时，她说："好吧，我之前被不公平地解雇了，现在我要得到那段时间的补偿。你有义务为我作出变通。"这是我们在今年的开庭期将要听审的案件之一。

会出现这种情况是因为最高法院在70年代审理了一起有关怀孕的案件，最后裁定那名女性不能将怀孕作为性别歧视来投诉，因为基于怀孕的歧视并非基于性别的歧视。最高法院的说法让人震惊，而国会很快就通过了《怀孕歧视法案》……这一法律规定，基于怀孕的歧视就是基于性别的歧视。这也是那名女性在该案中针对解雇她的雇主所援引的法律，因为这个雇主在她怀孕期间没有为她的负重限制提供变通待遇。

罗：我想我需要用这个问题来结束此次访谈了：我有

幸能主持美国国家宪法中心（National Constitution Center）这个庄严的机构，这是一所由国会创立的"在超越党派的基础上传播宪法相关信息"的机构。超越党派的宪法司法化*会是一个不切实际的理想吗？

金：我们政府的这一基本工具是所有美国人都应该有所了解的。几年前我出国访问，那里的报纸上刊登了一则名为《大法官把宪法装在她的口袋里》的报道，撰文的记者对此印象极深。美国宪法是我们的最高法律，它凌驾于美国的其他任何法律之上。它是一部不仅让人梦寐以求，而且一直伴随着我们的宪法。你知道那个老笑话吧，说的是有人走进一家法文书店，想要一本法国宪法。书店老板回答说："对不起，我们不卖期刊文献。"你想象一下，这部 1787 年通过的宪法至今还支配着我们。

---

* 法院在裁判中有时会以宪法作为裁判案件的直接法律依据，此类行为被称为宪法司法化。

五　法坛姐妹

自吉米·卡特总统*于1980年任命鲁斯·巴德·金斯伯格为特区上诉法院法官以来，作为卡特推动联邦法院多样化的一环，金斯伯格一直对增加女性法官人数的重要性关注有加。1993年8月10日，她在最高法院的授职仪式上强调"迄今为止，在（比尔·克林顿总统）提名的总共十四名联邦法院法官候选人中已有六名女性"并断定"在我有生之年，我预计在那些基于卓越的资历而获提名的联邦法院法官候选人中，法坛姐妹们的人数将会和法坛兄弟们不相伯仲"。[1]

她接着又特别提到了美国首位被任命为最高法院大法

---

* 吉米·卡特，美国第39任总统（1977—1981），美国政治家与社会活动家。

官的女性——桑德拉·戴·奥康纳，后者经常引用明尼苏达州最高法院法官玛丽·珍妮·科因*的一句话，大意是女法官在判案时和男法官并没有什么不同，因为"一个明察善断的老头儿和一个明察善断的老太太会得出同样的结论"。金斯伯格表示同意："我同意，但我也毫不怀疑女性就像不同族群的人们一样，都为一样东西贡献了一份力量，它就是杰出的法学家、已故的第五巡回上诉法院法官阿尔文·鲁宾†形容的'被生理、文化熏陶和生活阅历的差异所影响的独特观点的混合体'。"[2]事实上在奥康纳任职期间，她和金斯伯格经常在涉及性别歧视的案件中一起投票，而她们的四名男同事站在性别歧视案原告一边的概率也比奥康纳到来之前提高了26%。[3]

金斯伯格是如何在她对法官多样性的执念和她一再重复的那句警语——"……对于女性或男性风格的泛泛之论……无法可靠地指引我作出有关特定个人的裁决"——之间进行调和的呢？她不相信所有女法官都会以同样的方式对待案件，但她坚称，总体而言，一个多样化的联邦法庭会"在理解问题的症结及其判决的影响上更具丰富性，只要其所有成员（不是）出自同一个模子。"[4]2009年，最高法院在萨福德联合学区诉雷丁案中的言辞辩论就戏剧性

---

* 玛丽·珍妮·科因，明尼苏达州最高法院法官，她也是明尼苏达州最高法院的第二位女性法官。
† 阿尔文·鲁宾，第五巡回上诉法院法官，曾任路易斯安那州东区联邦地区法院法官。

地证实了她的观点。这起案件涉及一名13岁的中学生萨万娜·雷丁,她忍受了校方官员为查找强效处方止痛药而对她进行的脱至内衣裤的裸身搜查,但这次搜查一无所获。在言辞辩论中,大法官斯蒂芬·布雷耶不解地问道这有什么大不了的。他说:"为什么让你脱到只剩内衣是个大事,这些孩子去健身房换衣服的时候不都是这么做的?"又补充说在"8岁、10岁或12岁时,你知道,我们每天都会脱一次衣服,我们要去健身房换衣服,有些人有时还会把一些东西粘到我内裤上"。在法庭里发出一阵尴尬的笑声之后,当时最高法院里唯一的女性大法官金斯伯格为这一争论加入了一种女性视角。"这不仅仅是脱到只剩内衣裤!"她表示反对,"她们还被要求抖动胸罩,撑开并抖动裤腰!"[5] 金斯伯格坚持从雷丁的视角来看待这次搜查,在其影响下,戴维·苏特大法官代表最高法院发表了意见,他指出她描述的情形"让人感到窘迫、恐惧和耻辱"。金斯伯格补充说,这是"虐待"。[6]

金斯伯格大法官进入最高法院时,她对桑德拉·戴·奥康纳的热情欢迎极为感激。她称奥康纳是"任何人都应该拥有的一位最乐于助人的大姐",金斯伯格的一名前任助理曾告诉传记作家简·谢伦·德哈特,金斯伯格认为她和奥康纳的关系比她和其他任何大法官的关系都更为重要。[7] 金斯伯格在1997年给奥康纳颁奖时回忆说,当她在1993年10月第一次接到意见撰写任务时,她预计分派给自己的应该是一个比较容易的任务，会得出一个一致的结果，就像新任大法官通常会遇到的情况一样。"案件列表发回来时，我很诧异，"金斯伯格回忆道，"我拿到的是一个错综复杂的案子，一点都不容易，大法官们对此案的看法也是针锋相对。我征求了桑德拉的意见。这很简单。'只管去做，'她说，'如果可以的话，在下次意见分派之前就要完成你的草稿。'"最终奥康纳对金斯伯格撰写的第一次多数意见还是抱持异议，但当金斯伯格在法官席上宣读意见要旨时，奥康纳给她递了一张便条，上面写着："这是你代表最高法院撰写的第一份意见，写得很好。我希望以后还能看到更多这样的意见。"[8]

奥康纳致力于公民对话，致力于提出异议却不让人感到不快，这些都是金斯伯格欣赏的。这一努力和她的朋友安东尼·斯卡利亚大法官形成了鲜明对比，斯卡利亚在一份尖刻的异议中声称奥康纳的某份意见"不值得认真对待"，这促使奥康纳作出了回应："棍棒和石头可以打断我的骨头，但言语永远伤害不了我。"（她接着又补了一句："这倒有可能不是真的。"）[9]正如金斯伯格所说，奥康纳会"直白而专业地表达她的不同意见；对于同事们的'极度愚蠢'，或者他们那些'令人震惊''严重误导'乃至'完全不负责任'的观点（这些话都不是我编的），她都不会枉费唇舌地加以斥责。在这方面，我也在追随她的脚步"。[10]

金斯伯格经常被问及最高法院在两名女性到来后是否

已经转向,她回答说:"我们的衣帽间旁边自1993年开庭期以来就有了一个和男卫生间一样大的女卫生间。"奥康纳进入最高法院12年后,金斯伯格的到来才说服了大法官们在更衣室旁边安置一个女卫生间。

2009年,也就是金斯伯格接获任命的16年后,奥康纳退休3年后,索尼娅·索托马约尔*被任命为最高法院的第三位女性大法官,次年,埃琳娜·卡根[†]也随之加入。金斯伯格对这位纽约老乡的到来表示欢迎。卡根在给特区上诉法院法官阿布纳·米克瓦[‡]做法官助理的时候(我也曾做过他的法官助理)第一次见到金斯伯格。卡根在最高法院的第一个开庭期结束后,金斯伯格在第二巡回区司法会议[§]上表示:"她在言辞辩论中的犀利质问和明快的写作风格已经赢得了大家的掌声。"她还一再表示希望有更多的女性紧随其后,并暗示"当这里有九个女人时",最高法院的女性席位才算够了。[11]

金斯伯格和奥康纳在共事的13年里一直保持着亲密的

---

* 索尼娅·索托马约尔,2009年获美国总统奥巴马提名,成为美国联邦最高法院历史上首位拉美裔大法官。
† 埃琳娜·卡根,美国法学家,曾任联邦首席政府律师,2010年获美国总统奥巴马提名,成为美国联邦最高法院历史上第四位女性大法官。
‡ 阿布纳·米克瓦,美国政治家、法官、律师和法学教授,曾任哥伦比亚特区巡回上诉法院法官(1979—1994)。
§ 司法会议,前身是设立于1922年的资深巡回法官会议,由美国首席大法官领导,各联邦巡回上诉法院的首席法官、每巡回区一位联邦地区法院法官及美国国际贸易法院的首席法官组成,主要目标是为美国联邦法院的日常运作制定方针。

关系。尽管在非一致裁决的案件中，她们只有52%达成了一致，[12]对有些案件还存在重大分歧，比如布什诉戈尔案。但奥康纳一直尊重金斯伯格在性别平等方面的开创性成就。约翰·保罗·史蒂文斯大法官曾想将那起废止了单一性别公共教育的弗吉尼亚军事学校案指派给奥康纳来撰写意见，但她推辞了，而且坚称"这应该是鲁斯的案子"。[13]

2005年夏，奥康纳宣布她要退休回家照顾丈夫，后者的阿尔茨海默病当时正急剧恶化，金斯伯格对这位法官席上的朋友的离去以及同年首席大法官威廉·伦奎斯特的逝世都深感惋惜，伦奎斯特与甲状腺癌斗争时表现出的幽默感和勇气也令金斯伯格极为钦佩。首席大法官约翰·罗伯茨和塞缪尔·阿利托大法官接获任命后，最高法院于2006年开始右转，作为日益保守的最高法院中的唯一女性，金斯伯格渐感孤立。她开始重塑自己，从一个温和的司法最低限度主义者变成了"声名狼藉"的异议者，在这个转型期内，她加强了源自加拿大皇家空军训练的长期锻炼习惯，这方面她给我做了详细的描述。

1999年，自结直肠癌康复以后，金斯伯格就开始和布莱恩特·约翰逊一起锻炼身体，约翰逊是一名伞兵和私人教练，他的正职是在联邦地区法院的法官助理办公室工作。（"你看起来就像个奥斯威辛集中营的幸存者。你必须找一个私人教练来帮你恢复体能和健康了。"马蒂在鲁斯化疗成功后曾经这么说。）[14]她一直坚持和约翰逊一起锻炼（后者在2004至2007年被派往科威特期间除外），2017年，约翰逊在一本名为《金斯伯格锻炼法》的书中公布了他们的日常锻炼流程。在最高法院健身房每周两次、每次长达一小时的锻炼持续了多年以后，金斯伯格的骨密度增强了，凭借钢铁般的专注和决心，她的训练从推墙俯卧撑升级成了约翰逊所说的"完全标准的俯卧撑，就像我在部队的基础训练中学会的那样"。在金斯伯格的决心和专注的激励下，约翰逊的母亲也减掉了50磅（约23千克），而且开始有规律地运动，不仅如此，她的这些品质也激励了不少男女老少去参与有规律的负重和有氧训练。在此过程中，金斯伯格也成了最高法院中最健康的成员之一。2018年，在于乔治·华盛顿大学举办的一次对话活动中，她曾被问及与她共事的哪位大法官能做的俯卧撑最多，她回答说："也许是尼尔·戈萨奇大法官。"* 同时她还特别提到这个51岁的同事每天都会骑自行车上班。她还说："我想咱们的酋长†大概也能做不少。"[15]

罗：金斯伯格大法官，现在最高法院有三位女性大法官。奥康纳大法官是第一位，然后是两位，然后又变成一位，

---

* 尼尔·戈萨奇，2017年就任美国联邦最高法院大法官。
† 此处酋长指首席大法官约翰·罗伯茨。

接着是两位，最后是三位。你觉得怎么样？应该有更多女性吗？

金：会有更多的。你知道，我说过："我预计在我有生之年，美国联邦最高法院会有三到四位甚至更多的女性大法官。"我们有点落后于加拿大了。加拿大有九位大法官，其中四位是女性，包括他们的首席大法官。但我们也会做到的。

罗：我想你认识埃琳娜·卡根有一段时间了。你们是怎么认识的？

金：我第一次见到她的时候，她还在给阿布纳·米克瓦做法官助理，直到下一次见面我才了解了埃琳娜，或者说是她才了解了我。当时我获得了克林顿总统的提名，乔·拜登是参议院司法委员会*主席，他想为听证会作好准备，所以借调了当时还在白宫工作的埃琳娜，让她阅读我写过的每一份意见，还有我的每一份演讲稿，这样她就可以知会他，同时提出一些在听证会上要问我的问题。所以埃琳娜很了解我。她成为联邦首席政府律师以后，我失去了一个最好的法官助理遴选官，因为在埃琳娜担任哈佛大学法学院院长期间，我和她有过一个约定，她每个开庭期会为我挑选出四个法官助理中的一个，而她挑选的法官助理都给我提供了很大的帮助。

---

* 参议院司法委员会主要负责审核总统提名的联邦法官、司法部官员等。——编注

罗：作为联邦首席政府律师，她表现如何？

金：埃琳娜第一次出庭，也就是她的首次庭辩就是在美国联邦最高法院进行的，她表现极佳。在每一场辩论中，她都是非常出色的辩护人。（在2010年被提名为最高法院大法官时）她遇到了点麻烦，因为她曾撰文谈过我和斯蒂芬·布雷耶的提名，她说她希望我们能比现在更坦率一些。年纪越长，人越睿智，她现在驶上了和我们一样的航向。

罗：她做得怎么样？你觉得她的驾驶技术好吗？

金：我觉得她很棒。我给她写过一张便条，说的是："只有两种品质是你需要了解的。一种是耐心，另一种是幽默感。"我想她把这两种品质都展现出来了。

罗：人们无疑都对这个非凡团体的互动方式感到好奇。从我个人的狭隘视角来看的话，我想到的就是一场无休无止的全体成员会议，而且总是你们九个人被锁在一个房间里待上很长时间。你们相处得怎么样？

金：我工作过的所有地方，我所属的所有法律院系之中，还没有一个工作场所比美国联邦最高法院更具有共治性。我们是真正意义上的一家人，无论我们在各种重大问题上有多大的分歧，我们确实真诚地尊重、喜爱和关心彼此。1999年，我第一次患上癌症，结直肠癌，我必须去做化疗，桑德拉那时给我的建议是："周五去做吧，周末你能好起来，周一就可以回来工作了。"她还跟我说了另一件事，我也很乐于听从她的建议，她说："你会收到全国各地的来信——人们会祝你平安。但你千万不要回应。"

我患癌症以来最喜欢的一段往事就是我亲爱的同事戴维·苏特代表其他同事跟我说:"鲁斯,这世上无论任何事,只要我做了能帮你挺过这个难关,尽管打电话给我。"一天下午,一个周五的下午,我接到马蒂的电话,他说:"你化疗结束以后务必来看看我。我在华盛顿中心医院心脏病科。"他并没有什么生命危险,但必须在那里待上两晚。我有两张第二天晚上华盛顿国家歌剧院演出的入场券。所以我打电话给戴维·苏特:"戴维,你说了任何事的,任何事都可以。明晚我不想坐在一个空座位旁边。你能陪我一起去吗?"我这个观众当时还没意识到让戴维来肯尼迪中心是个多么宏大的壮举。他被邀请过几十次,除了一次纪念瑟古德·马歇尔大法官的活动外,他全都婉拒了。他非常享受这部歌剧,但他也没有再主动回来看过。

罗:随着更多女性的加入,最高法院的互动方式发生了怎样的变化?

金:奥康纳大法官和我一起共事了12年多,这12年中的每一年都不时会有个别律师在言辞辩论时把我叫成奥康纳大法官。他们已经习惯于认为最高法院里有一个女人,而她的名字叫奥康纳。桑德拉经常纠正律师,她会说:"我是奥康纳大法官,她是金斯伯格大法官。"最糟糕的时候是我孤身一人的那几年。公众看到的入庭画面就是八个身材高大的男人,然后是坐在旁边的那个小个子女人。这对公众来说可不是个好形象。但现在有我们三个坐在审判席上，我不再孤单，我的新同事们也不再畏首畏尾。索托马约尔大法官甚至击败了斯卡利亚大法官，成为辩论中提问最多的大法官。

罗：鼓励女性去竞选公职是好事吗？你会对那些犹豫是否要参选的人说些什么？

金：我认为今天的女性从各种运动团体中获得的支持比以往要多得多，对吧，想想我们最高法院：桑德拉·戴·奥康纳是在1981年获得任命的，以前从来没有女性。我被吉米·卡特任命为特区上诉法院法官的时候——吉米·卡特这个人改变了，而且是真的改变了美国司法机构的面貌。他自己没做过律师，但他环顾了一下联邦司法机构并且观察到："他们看起来都跟我一样，一模一样。他们都是白人男性，伟大的合众国不是这个模样。我希望我任命的法官是从所有人中挑选出来的，而不仅仅是从其中的某些人里挑选出来的。"

所以他竭力任命少数族群和女性，不是一次一名，而是大批任命。我想他应该给联邦初审法院和联邦地区法院任命了至少25名女法官。他还给上诉法院任命了11名女法官，我就是这11名幸运者中的一个。所以每当有人问我，你是一直就想成为法官吗？我笑着说，我从法学院毕业的时候，联邦上诉法院的法官里还没有女人呢。罗斯福总统在1934年任命了弗洛伦斯·艾伦*，但她在1959年就退休了，所以我那时的上诉法院里没有女法官，而且在约翰逊总统†任命雪莉·赫夫斯特德勒‡为第九巡回上诉法院法官之前，上诉法院里都没有女法官。然后吉米·卡特当选总统，他树立了一种此后的历任总统都未曾背离的模式。里根总统也不甘其后，他决定为最高法院任命第一位女性大法官。此后他在全国范围内进行遴选，最终找到了一位杰出的候选人，桑德拉·戴·奥康纳。

现在我们有三个人，法官席上有三分之一是女人，由于我资历老，所以我坐得比较靠近中间。索托马约尔大法官坐在一端，卡根大法官坐在另一端，她们在庭辩中都非常活跃。

罗：有项调查发现女性大法官被打断的次数更多，你很感兴趣。你对此有什么深思熟虑的判断吗？

金：我想我的同事们都会注意这一点，或许也会更加小心。但我们都——如那几位前法官助理所知，我们确实会打断彼此。其中最有趣的一件事是，当时有一场言辞辩论，通常会首先提问的奥康纳大法官停顿了一会儿，我以为她说完了，所以我就提了一个问题。她说："请稍等。我还没

---

* 弗洛伦斯·艾伦，曾任美国第六巡回上诉法院法官。她是第一位在州最高法院任职的女性，也是美国联邦法院法官体系中的女性先驱，2005年被列入全国女性名人堂。
† 林登·贝恩斯·约翰逊，第36任美国总统。
‡ 雪莉·赫夫斯特德勒，美国律师、法官，曾任美国第九巡回上诉法院法官、教育部长。

说完呢。"我在午餐时向她道了歉。她说:"鲁斯,别想多了。那帮伙计还不是一直都在互相打断。"

第二天的《今日美国》就刊出了一个标题:粗鲁的鲁斯打断了桑德拉。有人要求我作出解释,我就说了桑德拉在午餐时讲的话,男性大法官们也经常打断彼此,但你们没注意。值得称赞的是那位记者在接下来的两次庭审中都认真观察了最高法院,他说:"你知道吗,你是对的,如果是两个男人相互打断,我就从没注意。"然后有位专门研究语言的学者在《华盛顿邮报》上发表了一篇专栏文章,对我为何会打断桑德拉作了一番解释。她说:"是这样,金斯伯格大法官是纽约市长大的犹太人,这些人说话很快。奥康纳大法官是来自黄金西部的姑娘,松弛,说话慢条斯理。"

认识我们俩的人马上就能意识到,我说一个词的工夫,桑德拉可以说两个词,不过这也是刻板印象的一个绝佳范例。

罗:你在法庭上和谈话中的风格迥然不同。在法庭上你不假思索,但在谈话中,你所有的朋友都知道咱们在你停顿时必须等待,因为你即将说出一些非常特别的话。

金:(长时间停顿)

(笑声)

是的,我的法官助理们也知道这一点。

(笑声)

嗯,我习惯在开口之前多想想。

（笑声）

这是我丈夫在当法学教师时学到的。他担心男生比女生更常举手，一个同事给他提了个建议。她说："千万不要点最先举手的人，那一定是个男生。等个五六秒，你会看到女生举手的，因为女生在说话之前都在思考。"

罗：你说过最高法院应该有九名女性，这对男性有什么好处？

金：不，我没说应该有。问题是有多少才够，所以说有九名女性的时候就够了。

我们历史上的大部分时期里，除了最高法院少于九人的那些时期，以及有十人的那个时期，在奥康纳大法官就职之前，这九人都是男人。没有人认为这有什么不寻常的。

罗：所以你不是在开玩笑。有九名女性大法官对男女都有好处吗？

金：我们有全女性法官组成的州最高法院。我想明尼苏达州有段时间就是这样。我们还有很多女法官占多数的州。

罗：这样好在哪儿？是不是就像你那句铿锵有力的话一样，对于特定的案件，有关男性和女性风格的泛泛之论并不能指引你，所以无论是九名女性还是五名女性应该都无关紧要？

金：女性的人生经验是可以带来一些好处的。我认为合议庭成员有不同的背景和经历是最好的，这可以让我们的讨论更加全面。

有一个案例就很明显，一个13岁的姑娘涉嫌将一些违禁药品带到学校。她被（校方官员）带到女卫生间进行了裸身搜查。她钱包里有些药片——我想里面应该有一片布洛芬和一片阿司匹林。校方脱掉她的衣服进行搜查之后并没有发现违禁品，于是就让她待在校长办公室前的一张椅子上，然后通知她母亲来带她回家。

这么说吧，她母亲因为自己的女儿受到了那样的羞辱而火冒三丈，所以她根据南北战争后的一项反歧视法提起了诉讼——我们称之为"第1983条诉讼"*。当时言辞辩论的氛围很轻松。我的一位同事说，男孩们在更衣室里都会当着彼此的面脱衣服，这没什么尴尬的。我的回应是，一个13岁的女孩在这点上和一个13岁的男孩不一样，这是她成长中的一个艰难阶段，然后突然间就没人说笑了。

我猜我的同事们想到了他们的妻子和女儿。但我之所以有这种洞察力，是因为我就是一个已经长大成人的女人。所以这并不是说女人的判案方式和男人不同——男女在这方面没有不同。明尼苏达州最高法院有一位名叫珍妮·科因的女法官说过，一个明察善断的老头儿和一个明察善断的老太太会得出同样的结论。尽管如此，她也说过我们还是给这个以往全是男人的司法机构带来了一些以前没有的

---

* 这里的第1983条是指《美国法典》（*United States Code*）第42卷第1983条，即被剥夺权利的民事诉讼。

好处。

罗：如果奥康纳大法官还在最高法院，哪些裁决会有所不同？

金：她会在联合公民案和谢尔比县案*中站在我们这边，好必来公司案可能也会。

罗：你觉得她会后悔退休吗？

金：她很久以前就决定要在75岁退休。她认为自己和丈夫约翰在那以后就可以去参与他们喜爱的户外活动了。约翰的阿尔茨海默病打乱了这些计划，但那时她已经宣布退休了。我想她肯定很关注最高法院的一些裁决，那些偏离了她的意见的裁决。

罗：说到退休，有些人说你也应该早点让位，因为当

---

* 联合公民案，即联合公民诉联邦选举委员会案，联合公民组织准备在2008年美国总统选举前夕播出一部质疑总统候选人希拉里·克林顿的纪录片——《希拉里：一部电影》，联邦选举委员会认为该片违反了《两党竞选改革法案》（Bipartisan Campaign Reform Act）的相关规定。根据2002年颁布的《两党竞选改革法案》，企业和团体在初选前30天或大选前60天不得资助有关竞选或诋毁候选人的宣传品。2008年，哥伦比亚特区联邦地区法院以初选前30天内资助该片为由判联合公民组织败诉。最高法院接到上诉后以5比4票推翻了联邦地区法院的判决，肯尼迪撰写的多数意见认为《两党竞选改革法案》相关条款对企业和团体资助的限制是不合法的。史蒂文斯和金斯伯格等自由派大法官则认为这一裁决会对民主造成威胁。

谢尔比县案，即谢尔比县诉霍尔德案。美国国会在1965年通过的《投票权法案》第4条（b）与5条要求有投票歧视历史的州在对投票规则进行任何修改并生效之前，必须预先获得联邦相关部门的批准。亚拉巴马州的谢尔比县在2010年向法院提起诉讼，指控《投票权法案》第4条（b）与5条因干涉州的自治权而违宪，该案上诉至最高法院后，最高法院裁定《投票权法案》第4条（b）违宪，第5条因此无效。

时的政治格局对民主党更有利。你对这些建议有何感受，你会如何回应？

金：首先，应该说我相当幸运，我所在的这个系统里没有强制退休年龄。世界上大多数国家都有65岁、70岁或75岁的强制退休年龄，我们有很多州也是如此。但只要我还能开足马力地做好这份工作，我就会留下来。我想我会知道自己何时不能再清晰地思考，准确地记忆和快速地写作。上个开庭期，我提交意见的速度排名第一。从辩论之日到裁决公布之日，我的平均用时是60天，比首席大法官快6天左右。所以我不觉得我已经到了没法做好这份工作的地步。

我问过一些人，尤其是那些认为我应该在奥巴马总统在任时让位的学者："你认为总统提名谁可以在目前的参议院获得通过？和我相比，你更希望在最高法院里看到谁？"没人能回答这个问题。

罗：你身体还好吗？

金：很好，我和我的教练还是每周一起锻炼两次，我和卡根大法官请了同一个教练。我从1999年就开始这么练了。

罗：你们一起锻炼？

金：不，她比我小很多，比我女儿还小。她练拳击，这是发泄沮丧情绪的好办法。

罗：你练什么呢？

金：我进行各种举重训练、"太空漫步"、伸展运动、俯卧撑运动。我差不多每天都会进行加拿大空军的训练。

罗：1991年我在上诉法院见到你的时候，你做的就是这些训练吗？

金：不是。我当时在上一个爵士健身操的班，就是一种伴有嘈杂音乐的有氧运动课程，那音乐在我听来相当可怕。爵士健身操在80、90年代很流行。

罗：加拿大空军的训练是什么样的？

金：这些训练是加拿大空军出版的一本平装书上刊载的。我29岁时，那本运动指南很受欢迎。当时我和马蒂在锡拉丘兹参加一个税务会议，我们中途捎带一位律师和我们一起参加早间项目，他说："稍等，我得完成训练。"我问他练的是什么。他告诉我这是加拿大空军的训练，还说他一天都不会落下。

这个跟我提起加拿大空军训练的律师几年前就不练了。我差不多每天都还在做热身和伸展运动。

六　尼诺[*]

1993年，克林顿总统还在考虑他的最高法院人选之时，我在华盛顿的联邦上诉法院和法官助理们进行了一次黄包餐研讨会[†]。他们告诉我，几个月前，有人在一次类似的午餐会上问安东尼·斯卡利亚大法官："如果你必须和劳伦斯·却伯[‡]或马里奥·科莫[§]一起在荒岛上度过余生，你会选谁？"他不假思索地答道："鲁斯·巴德·金斯伯格。"我在《新

---

[*] 尼诺，安东尼·斯卡利亚大法官的昵称。
[†] 黄包餐研讨会（Brown Bag Lunch）的字面意思是"带饭上班"，实际指气氛轻松的午餐研讨会。
[‡] 劳伦斯·却伯，美国法学家、哈佛大学法学院教授、美国宪法协会创始人之一，著有《美国宪法》等。
[§] 马里奥·科莫，意大利裔美国政治家，曾任纽约州州长（1983—1994），其子安德鲁·科莫是现任纽约州州长。

共和》上发表的那篇支持金斯伯格的文章里就提到了这个故事,2016年5月,斯卡利亚大法官的追悼会于华盛顿举行,她在追悼会上也回想起了这件往事,而且还补充了一句:"几天之内,总统就选择了我。"[1]

毫无疑问,斯卡利亚大法官和其他保守派人士在金斯伯格担任联邦上诉法院法官的12年间对她的尊重就是促使克林顿作出这一决定的因素之一。"鲁斯·巴德·金斯伯格不能被称为自由派或保守派,"克林顿在提名她时说,"她已经证明了自己的思虑相当周全,因而不宜打上这些标签。"[2]然而斯卡利亚和金斯伯格之间的相互尊重和喜爱并不是源于意识形态上的类同,而是出自他们对音乐的共同热爱和幽默感。"他是一位才华横溢而又机智的法学家,他还有一种能让最持重的法官发笑的罕见才能",[3]金斯伯格在他逝世几天后撰写的一篇感人至深的悼文中如此说道。

在这篇悼文中,她还讲述了一些有关幽默如何让这两个朋友在多年的分歧中保持相对冷静的故事。"曾有人问我们是怎么成为朋友的,尤其是考虑到我们在很多事情上存在分歧,斯卡利亚大法官回答说:'我抨击的是观念。我不会抨击人。一些非常好的人会有一些非常糟的观念。'"金斯伯格笑着回忆道,"在为歌剧《斯卡利亚/金斯伯格》的剧本作序时,斯卡利亚大法官描述了他于2009年某晚在华盛顿参加英国大使官邸歌剧舞会时的巅峰时刻,当时他和国家歌剧院的两位男高音一起弹着钢琴进行了一场混唱,他称之为著名的三大男高音演出。"[4]

金斯伯格比斯卡利亚还喜欢《斯卡利亚/金斯伯格》这部歌剧,该剧由当时的马里兰大学法学院学生德里克·王创作。2014年,国家宪法中心在华盛顿特区举办了这部歌剧的音乐会,我特别荣幸地和金斯伯格一起玩起了猜曲名的游戏,我们都找到了王用来创作各种咏叹调的曲调,这些曲调源自那些广受喜爱的作曲家,包括亨德尔[*]、莫扎特、施特劳斯、比才[†]、吉尔伯特和沙利文。金斯伯格最喜欢的咏叹调是这首二重唱——"我们不同,我们一体",这是一首赞歌,表达了他们两派间的友谊和对宪法的热爱。

> 我们不同,
> 我们一体,
> 美国的矛盾。
>
> 我们尊崇的张力。
>
> 股股线绳在摩擦中糅合,
> 保护着我们国家的核心,
> 这是我们民族的力量,
> 这是我们法院的安排,

---

[*] 乔治·弗里德里希·亨德尔,英籍德裔作曲家。
[†] 乔治·比才,法国作曲家,歌剧《卡门》的作者。

我们亲如一家,

我们是那九人。

2018年9月,在布雷特·卡瓦诺那场极化的确认听证会*之后,这种亲如一家的关系以及最高法院为两党所认可的合法性似乎都受到了威胁。金斯伯格对这种党派路线的投票提出了批评,她认为这已经导致了确认听证会的堕落。她还将卡瓦诺的听证会与她和斯卡利亚大法官经历过的确认听证会进行了比较,在卡瓦诺的听证会上,这位被提名人在民主党人那里一票未得,而在她和斯卡利亚的确认听证会上,投票结果几乎是一致的。"过去那种方式是对的,现在这种方式是错的。"她在乔治·华盛顿大学对采访者说道。[5]

与金斯伯格进入最高法院的第一年相比,她和斯卡利亚在最后几年的投票中站在同一边的次数要少得多,在第一年,学者们发现她的投票模式中还"没有任何单一的意识形态路线"。[6]不过他们仍很亲密,因为他们的友谊非常牢固,这段友谊还有马蒂·金斯伯格烹制的美食来加持,而且每年都会在金斯伯格家举行的年度新年晚宴上达到巅峰,其间大家经常会围在钢琴边唱歌。马蒂和斯卡利亚的妻子莫琳关系很好,莫琳为《最高大厨》写过导言,这是2011年大法官们的"联席配偶"在为马蒂举办的追思会上

---

* 确认听证会即参议院司法委员会审核被提名候选人的听证会。——编注

发表的一本食谱合集。正如莫琳·斯卡利亚所说："这不仅仅因为马蒂是最高大厨，更重要的是他动手烹调一顿美味佳肴时的热情，他看着我们所有人都很享受他的作品时流露出的可爱笑容，还有他招呼我们每一个人的亲切耐心。"她还说："我筹划和执行菜单中我负责的那部分时能看到他鼓励的微笑。但在我提议我来买面包时就不是那么回事了。对马蒂来说，这是不可接受也不可想象的。他会很难过地沉思，露出一个极其悲哀的表情，然后说一句：'面包我会搞定的。'"

金斯伯格从未掩饰过对自己认定的那种斯卡利亚式能动主义法学的强烈异议。她经常在斯卡利亚处于多数方的案件中提出异议，从 2000 年的布什诉戈尔案到 2008 年的哥伦比亚特区诉赫勒案都是如此，后一案件的裁决判定某位当事人拥有第二修正案所赋予的持枪权。尽管如此，在布什诉戈尔案之后，她和斯卡利亚仍然保持着密切的关系。正如她在他的追悼会上所回忆的那样：

> 另一段让人难忘的回忆是最高法院对布什诉戈尔案作出裁决的那天，2000 年 12 月 12 日。在跑完这场马拉松之后，我筋疲力尽地待在办公室里：周六批准复审，周日提交诉状，周一进行言辞辩论，周二写完意见并发布。无惊无喜，斯卡利亚大法官站在和我对立的一方。

他毫不怀疑最高法院作出了正确的裁决。我不同意，而且在异议中解释了原因。晚上9点左右，我的直拨电话响了，是斯卡利亚大法官。他没有说"想开点"，只是问我："鲁斯，你怎么还在法院？回家洗个热水澡吧。"好建议，我当即采纳。[7]

马蒂去世后，斯卡利亚安慰了金斯伯格，2016年2月，斯卡利亚的突然离世则让她心烦意乱。比斯卡利亚大3岁的她听到这个消息时忍不住想："先走的应该是我。"[8]

罗：你和我是通过歌剧认识的。那差不多是25年前的事了，我当时是联邦上诉法院的法官助理，而你是一名法官。我想不出对这个让人深感敬畏又印象深刻的女人该说些什么，所以就谈起了自己真正热爱的一件事，歌剧。结果我发现你也喜欢得要命，于是我们很快就确立了一段延续多年的友谊，我们通过歌剧而结缘，又对此进行了全方位的讨论。第一次见面的时候，我绝不会想到咱们最终会一起去观看《斯卡利亚/金斯伯格》的壮观演出。我没想到这部剧会这么好！

金：噢，你可没听到（剧中的）我那段最棒的咏叹调。在一个被省去的主要场景里，我穿透了玻璃天花板，救出了夜之女王（形象出自《魔笛》*）斯卡利亚大法官。

罗：你是怎么救出他的？

金：不停地唱歌。我认为我们有解说员那样的耐心。

罗：这部歌剧基本上讲的就是两个性格截然不同的人，一个夸夸其谈，另一个就相当端庄娴静，两人被锁在最高法院的一个房间里，唯一的出路就是同意在宪法问题上采用同一个方案。

金：我们同意有分歧。

罗：你们同意有分歧，也就是那句歌词："我们不同，我们一体"。首先这让人非常感动，在一个被党派之争和极化驱使的国家，人们可以在宪法问题上存在强烈的分歧，但仍然被宪法团结在一起。这是一种现实的期望吗？

金：我想是的。对我来说是，对斯卡利亚大法官来说也一样。虽然他的态度众所周知，但他被提名后还是得到了一致确认。我非常接近这一点——我的投票结果是96比3。今天就不是这样了，但你不认为从前的状态是我们应该力求回归的方向吗？

罗：应该，所有人都热烈支持。但我们怎样才能回到那个状态呢？我们又该如何解释你们之间的这种友谊，尽管你们在宪法问题上存在分歧，但你们也因为对宪法的热爱而团结在一起？

---

* 《魔笛》是莫扎特生前创作的最后一部歌剧，讲述的是埃及王子塔米诺经受了种种考验，最终识破了夜之女王的阴谋并与其女帕米娜喜结连理的故事。

金：我认为，就像德里克·王所捕捉到的那样，我们确实都很尊重宪法和最高法院的惯例。

罗：当然，每个人都想知道，既然你们看法不一致，那怎么会成为朋友的呢？

金：我们在上诉法院时就是同事。斯卡利亚大法官有个特点，他是个非常搞笑的人。有人每年都会根据我们在辩论中引发了多少笑声来给大法官们评分，斯卡利亚一直都是第一，我一直都是第九。而且有时候，他说的话就是……我不得不掐自己一下才能忍住不笑。

罗：你们也同样热爱歌剧，而且还一起过了新年？

金：是的。

罗：他对《斯卡利亚/金斯伯格》有什么看法？

金：德里克第一次去找他，说："你介意我这么做吗？"他的回答是："第一修正案赋予了你这么做的权利。"

罗：看完之后呢？

金：我觉得他非常喜欢，尤其是那段搭建楼梯的咏叹调里对他父亲的致敬。你应该意识到了，歌词里的每一行都有脚注，注明了各种意见和文章的引文出处。所以（德里克·王）下的功夫很让人震惊。

罗：是很让人震惊。所有歌词都是他写的。你最喜欢哪段歌词？

金：我喜欢关于宪法的那一段……就像我们的社会一样，宪法也可以演化。

罗：那一段太庄严了，我还不知道以前有谁能为克雷格诉博伦案找到韵脚。干得真漂亮。你唱的是：

> 我们所选择之案件，
> 纵有曲折存于其间，
> 宏大影响却必将彰显。
> 克雷格诉博伦案中
> 口渴的男孩儿和怀特纳*的商店。

金：嗯，这些引用之处可能会让人难以理解。这就是应该发布脚注版歌词的原因。这些都是20世纪70年代提交到最高法院的案件。

罗：有时候你的措辞可能会非常强硬，但你告诉我们这并不是针对个人的。我和很多人一样，被你在卡哈特案，也就是怀孕晚期堕胎案中的激烈异议所触动。你反对固有的性别刻板印象，而这种观念认为女性必须受到保护，以使她们不至受到自己糟糕决定的影响。这么直接地挑战同事会有困难吗？你好像真的很在乎这个案子，而且这似乎也违背了你一直以来的作风。

金：是的，但我也没预估到另一方的看法是"这是个被严重误导的意见"或者"这个意见不值得认真对待"。

罗：这都是斯卡利亚大法官的话。

---

* 卡罗琳·怀特纳（Carolyn Whitener），该案原告之一。

金：是的。

罗：他说的是奥康纳大法官的一份意见，而她非常平静地说，"棍棒和石头可以打断我的骨头"。这是个很巧妙的反驳。

金：我从来没有在桑德拉·戴·奥康纳的意见里看到过这样的恶言恶语。这些话会偏离正题，所以我不说。

罗：《斯卡利亚/金斯伯格》是怎么创作出来的？

金：德里克·王，作家、词作家和作曲家，这是个讨人喜欢的年轻人。他在哈佛大学主修音乐，在耶鲁大学获得了音乐专业的硕士学位，然后他又决定去了解一点法律。他来自巴尔的摩，就读于马里兰大学法学院。他第二学年选修了宪法，读了斯卡利亚大法官和我的意见，有时是我们代表最高法院撰写的意见，有时是异议，他觉得可以把我们的意见分歧创作成一部非常有趣的歌剧。所以一切就这么开始了。

罗：《斯卡利亚/金斯伯格》听起来像是有史以来最棒的伙伴电影*之一。

金：嗯，大致是基于《魔笛》改编的。斯卡利亚大法官必须经历某些审判，而他又没法靠自己做到，所以我来了，让他有可能成功。要是我把斯卡利亚大法官开场咏叹调的第一句话朗诵一遍，你可能就懂了。

---

* 伙伴电影（buddy movie），亦称友情片，指的是两个搭档一起冒险和探索的电影类型。两个人的性格往往截然不同，极具冲突性和戏剧性。

罗：那太好了，请开始你的朗诵。

金：他那段愤怒的咏叹调是这么唱的："大法官们都瞎了！／他们怎么能喋喋不休地说出这些话？／宪法对此绝对是未置一语。"

罗：这个人显然很有才华。我从美国国家公共广播电台（NPR）的节选和这部剧的歌词中也找到了一点类似的灵感，用台词配上《星条旗永不落》*的乐曲是这样的："噢，鲁斯，你识字吗？你知道这文稿。／却仍然如此自豪于自己并未领会其中的真正含义。"

我记得好多年前，也就是你被提名为大法官之前，那时我正和法官助理们聊天；他们刚刚听说斯卡利亚大法官被问了这么一个问题："如果你被困在荒岛上，你希望和谁在一起？"他说那应该是鲁斯·巴德·金斯伯格。

金：对，也没有很多竞争者。

罗：尽管你们在宪法上存在严重分歧，但你们成了亲密的朋友。如果你们两人在智识和宪法问题上都会发生冲突，那还怎么能维持这种个人友谊呢？

金：应该这么说，最高法院的标志之一就是共治，如果不这么做，我们就无法承担起宪法赋予我们的职责，用斯卡利亚最喜欢的一句话说就是："想开点。"我们知道，尽管我们对宪法的理解存在尖锐的分歧，但我们还是相互信任。我们都尊重宪法和最高法院，我们希望确保最高法

---

* 《星条旗永不落》，美国国歌。

院在我们离开时还会像我们加入时一样完好无损。

有很多案件其实并不常有媒体报道，我说的是斯卡利亚大法官和我意见完全一致的那些案件。我想到了一个和第四修正案有关的案例（马里兰州诉金案*），尼诺持异议。争议在于警方逮捕重罪嫌疑人时能否提取DNA样本。多数方说今天的DNA就像过去的指纹一样。斯卡利亚的异议是：DNA在破解悬案方面效果惊人，但必须假定它是用来识别被捕者的——被捕者已经被传讯，所以我们都知道被捕者是谁。它可以用来查明某个人是否犯下了一些尚未破案的罪行。这固然很好，只是我们的宪法规定我们有权不受无理的搜查。通常的规则是：如果警方怀疑某人犯罪，那么警方就要去找治安法官，提出他们相信此人犯罪的合理依据，然后获得搜查令。接下来你去提取DNA样本，在电脑上比对，然后发现这个人的确犯了罪——该案是一起骇人的强奸案，而DNA刚好就是该案中缺失的一环。

罗：我认为这是斯卡利亚大法官最有启迪性的异议之一，其重要性不可估量。他有一句很棒的台词，说的是"我

---

* 马里兰州诉金案的案情是马里兰州的《DNA收集法案》（MDCA）允许州和地方执法人员从重罪嫌犯身上收集DNA样本。嫌犯金因一级和二级攻击罪而受到指控。在定罪之前，金的DNA被执法人员收集并记录于马里兰州的DNA数据库中。经过基因比对，样本证明金与一桩未破获的强奸案有关。金被判一级强奸罪并处以终身监禁。金提起上诉，认为《DNA收集法案》违宪，侵犯了第四修正案赋予他的权利。上诉法院同意金的主张。马里兰州后上诉至最高法院，最高法院以5比4票支持了《DNA收集法案》，但斯卡利亚的异议认为第四修正案明确禁止因搜寻犯罪证据而无理搜查个人，因此该法违宪，金斯伯格附议。

们《自由宪章》的自豪的起草者们"会拒绝"张开嘴巴接受王室的审查",这是个非常重要的提醒,在收集无嫌疑者的信息之前,必须要有搜查令。

歌剧中的那位斯卡利亚大法官唱过很多普契尼的作品。我喜欢你在《斯卡利亚/金斯伯格》里的那个角色在《卡门》的音乐声中首次登场的情景。

金:我喜欢最后的二重唱,"我们不同,我们一体"。其理念在于,两个人是以不同的方式解释宪法,但他们仍然保持着对彼此的喜爱,更重要的是,他们也保持着对雇用了他们的那所机构的敬畏。

七　两位"酋长"

在金斯伯格担任联邦最高法院大法官的前十二年,她曾与首席大法官威廉·伦奎斯特一同共事。她称他为"我的酋长",对他敬爱有加。伦奎斯特在 2005 年去世之后,她在悼文中写道:"在我担任律师、法学教师和法官时的所有上司当中,首席大法官威廉·哈布斯·伦奎斯特无疑是最公平也最有效率的。他让我们所有人都井井有条而且守时准点。"[1]

那个亚利桑那州的自由保守派有哪些地方吸引了这个纽约的民权自由派呢?如金斯伯格所说,这种吸引力部分是因为她尊重伦奎斯特在分派最高法院的意见撰写任务时体现出的高效和公平感(当首席大法官处于多数方时,他有权决定由哪位大法官撰写最高法院的意见）。金斯伯格很欣赏伦奎斯特的一点就是，他给那些最有意思的案件指派意见撰写任务时不会以意识形态为依据，而是看哪些大法官按时完成了此前的任务。金斯伯格加入最高法院时，奥康纳就提醒过她，如果她不能在伦奎斯特分派下一轮任务之前公布她的第一份意见稿，那么"你就要面对接手另一起无聊案件的风险"。[2]这是因为伦奎斯特给自己设定了一个十天的最后期限来起草多数意见的第一稿，他对待同事也同样严格：他会惩罚那些撰写意见比较拖沓的大法官（比如出名迟缓的哈里·布莱克门），不给他们分派新的任务，或者把没人要的残羹剩饭分给他们。金斯伯格在遵守和执行最后期限上同样严格，她对这个建议很上心，尽力比其他大法官更快地提交她所称的家庭作业（也就是她撰写的多数意见的草稿）。她也很欣赏伦奎斯特在主持大法官们每周两次的不公开会议时的速度。他会按年资顺序轻快地绕着桌子请每位大法官陈述他或她的观点，而不会让讨论偏离正轨。有些大法官抱怨说这会妨碍他们深思熟虑，但这一点吸引了金斯伯格，她喜欢有效率地利用每一刻，只为了专注而富有成效地工作。[3]

除了伦奎斯特在分派意见方面的效率和公平之外，金斯伯格还很欣赏1999年他在她结直肠癌手术康复期间表现出的无微不至和"人道品格"。她在写给他的追思悼文中说道："在最艰难的那几周里，他给我分派的任务都很轻松，而且让我自己决定何时可以处理更有挑战性的案件。上个开庭期，他自己也在和癌症作斗争，他的勇气和决心堪当楷模，激励着其他身患重病的人坚强地活下去并尽全力工作。"她很欣赏伦奎斯特那种"扑克脸"式的幽默，她特别提到1986年有名记者问他被任命为首席大法官是不是他梦想的巅峰，他回复道："我不会这么说，但你到了61岁还有机会找到一份新工作可不是每天都会发生的事。"[4]不过金斯伯格似乎和其他人一样都对他在1995年的一次举动感到惊讶，伦奎斯特在这一年在自己那身黑色法袍的两只袖子上各加了四条金色条纹，灵感出自本地上演的吉尔伯特和沙利文的歌剧《贵族与仙女》中大不列颠大法官的戏服。"为什么一个对穿着不怎么讲究的人会决定穿这样一身戏服呢？"金斯伯格问道，"用他自己的话说，他不想被那些女人抢了风头（奥康纳大法官有几件很漂亮的颈饰，领子源自英国礼服，还有一条法式的褶边软绸领巾；我也会戴英式和法式的蕾丝领巾，有时还会戴一条加拿大人设计的法式蕾丝领巾）。"

金斯伯格对伦奎斯特最为欣赏之处就是他愿意在涉及性别歧视的案件中改变看法。当她加入最高法院时，他正是她在70年代参与庭辩期间坐在法官席上的三名大法官之一，在她接手的许多里程碑式的案件中，他都投了反对票。

在弗朗蒂罗案和1975年的泰勒诉路易斯安那州案*那两次8比1票的裁决中,他都是唯一的异议者。在1973年的弗朗蒂罗案中,金斯伯格说服最高法院作出了军队不能依据性别向军属分配福利的裁决。在泰勒诉路易斯安那州案中,金斯伯格则说服最高法院承认将女性排除在陪审团遴选名单之外侵犯了第六修正案中规定的接受公正的陪审团审判的权利。出于对联邦主义的热爱†,伦奎斯特和他在斯坦福大学法学院时的同学奥康纳都持续不断地在最高法院涉及性别歧视的重要案件中投票反对金斯伯格,包括2000年的美国诉莫里森案,当时伦奎斯特为一项5比4票的裁决撰写了多数意见,推翻了联邦《防止对妇女施暴法案》的部分内容。尽管如此,当伦奎斯特在2003年的内华达州人力资源部诉希布斯案中支持州雇员因州政府违反联邦《家庭和医疗休假法案》而有权获得赔偿之时,金斯伯格还是尤感鼓舞。她也从未忘记,在那起对她意义最为重大的案件——弗吉尼亚军事学校案中,伦奎斯特站在了她这一边。

2005年,伦奎斯特死于甲状腺癌,这让金斯伯格大法官心绪难宁。年末,约翰·罗伯茨接替伦奎斯特成为新任首席大法官,她和这位新酋长之间也惺惺相惜。罗伯茨在

---

* 在泰勒诉路易斯安那州案中,最高法院裁定,路易斯安那州在陪审团成员遴选时默认把女性排除在外的做法,违反了第六修正案中陪审团成员应该代表社会的各阶层(cross section)的要求。——译注加编注

† 伦奎斯特提倡的联邦主义或司法联邦主义(Judicial Federalism)倾向于维护州权,反对法院干预州的立法和行政事务。

20世纪90年代曾频繁现身于最高法院,她很钦佩他作为辩护律师的才干;而他则在升任首席大法官之时就对金斯伯格的司法最低限度主义声名印象颇深,他认为这有助于说服同僚们聚集在较窄*的一致意见之上,以避免那些会造成分裂的宪法性问题。然而事实证明,罗伯茨法院作出了一系列极具争议的5比4票的裁决,而金斯伯格则认为这些裁决受到了严重误导。这些案件的多数意见都由首席大法官或肯尼迪大法官撰写,异议则主要由金斯伯格大法官本人撰写,其中包括2010年的联合公民诉联邦选举委员会案,罗伯茨本希望该案能作出较窄的裁决;以及2013年那起涉及投票权的谢尔比县诉霍尔德案,金斯伯格认定其裁决是一次"狂妄自大"之举。她还对罗伯茨在2012年的全国独立企业联盟诉西贝利厄斯案†中决定加入保守派同僚的阵营感到失望,后者认为国会无权根据商业条款‡通过《平

---

* 这里的窄是指仅对受理的案件作出裁决,如无必要,不对其他案件或状况表态。

† 全国独立企业联盟诉西贝利厄斯案,《平价医疗法案》在2010年生效后,一些组织认为该法案有很多条款违宪,因此提起诉讼。最终这些案件合而为一,即全国独立企业联盟诉西贝利厄斯案。最高法院以一致意见支持了《平价医疗法案》的主要内容。《平价医疗法案》的核心条款强制几乎所有美国公民购买医疗保险,否则需要缴纳罚款。针对这一条款,最高法院的意见认为,政府提出的法案授权自宪法商业条款等说法不合理,但罚款可以视为一种税收,所以符合国会对征税的授权。此外,最高法院还对该法案的一个条款提出了异议。根据该条款,联邦政府要求各州扩大医疗补助的覆盖面,如果某一州拒绝配合,联邦政府将截留相应的拨款。最高法院认为联邦政府截留拨款是违宪的。

‡ 商业条款出自美国联邦宪法第1条第8节,它赋予国会调节对外贸易、州际贸易,以及与印第安人的贸易的权力。——编注

价医疗法案》(罗伯茨决定改变立场,支持将《平价医疗法案》的罚款视为一项税收,但这并没有完全打消金斯伯格的忧虑)。尽管如此,金斯伯格也和罗伯茨一样致力于维护最高法院的超党派合法性,他们也一样长期地谴责党派政客们对司法独立的攻击。

★ ★ ★

罗:你曾经很钦佩首席大法官伦奎斯特。在首席大法官罗伯茨的领导下,最高法院的运作发生了怎样的变化?

金:我非常喜欢老酋长。我也很钦佩现任酋长,作为一名辩护律师,他拥有非凡的技能。他是言辞辩论方面的行家,总是会做好格外充分的准备,专注于自己的陈述,而且能灵活地回应最高法院的问题。至于变化,我认为伦奎斯特到罗伯茨的转变就是一种"同类交换"*,这是税务律师常用的一个表述。咱们的现任酋长在言辞辩论方面多了一点灵活性:即便红灯亮起,他也不会在律师或大法官话说到一半时叫停。在我们的会议中,他也会留出更多时间让大家跨桌讨论。至于他的裁决,没有什么重大转变。我希望随着年龄的增长,咱们的现任酋长最终也有可能像伦奎斯特在2003年代表最高法院撰写支持《家庭和医疗休假

---

* 同类交换(like-kind exchange)是指在出售一项资产并购入另一项类似资产时可以不因出售第一项资产而纳税。

法案》的意见时一样。伦奎斯特在70年代初加入最高法院时,你不会相信他能写出这样的裁决意见。尽管他非常不喜欢米兰达案的裁决,但他还是判定米兰达警告已经成为一种警察文化,因此不会将其否决。

罗:在首席大法官罗伯茨任职期间仍然出现了一些5比4票的重大裁决,包括好必来公司案,在这一案件中,你批评男同事们在女性问题上存在"盲点"。鉴于这位首席大法官对一致意见的偏爱,你对这些案件的异议在最高法院内的反响如何?

金:我的回答是,至少和斯卡利亚的那些吸引眼球的异议一样。

罗:对这种共识的观念已有很多讨论,首席大法官罗伯茨上任时就说他希望能有更多的共识,更少的5比4票的裁决,但他得到了一个成败参半的结果。这个开庭期要好一点,只有15%的案件是5比4票。但也有一些非常激烈的辩论正在进行。首席大法官罗伯茨能否在最高法院建立共识?共识是个好事吗?

金:我不认为他的意思是他或我们中的任何一个人会放弃某种根深蒂固的观点。你知道,最高法院不像立法机构;我们不会因为想取得某种结果就以某种特定方式投票。我们必须给出理由来解释我们所做的每一件事。所以最高法院里完全没有交叉交易*。我们可能会在较低的层面上达成一致，或许是某个程序问题，而不是在裁决重大问题时达成一致。大法官桑德拉·戴·奥康纳是这方面的大师——让最高法院在一个我们可以达成一致的基础上聚拢到一起，把更大的战役推迟到另一天。

罗：她是一位大师，而你也以渐进、狭窄和克制的裁决而闻名。可最近几个开庭期里有很多裁决的范围可并不窄。联合公民案本可以在一个非常窄的范围内作出裁决，但实际却相当宽泛。你觉得首席大法官是真的在致力于达成较窄的意见吗？

金：我没法回答这个问题。多数方认为联合公民案提出了一个非常基本的第一修正案的问题，这个问题亟待解决，不能推迟。你说得很对，这个案子本可以在一个较窄的范围内作出裁决。我们以 5 比 4 票的裁决开启了这个开庭期，如果你读了我们的意见，我想你会发现双方都陈述得很好。

我应该解释一下最高法院是怎么运作的。最高法院开庭后会连续开庭两周；我们要在周三下午开会讨论周一的案件，周五上午讨论周二和周三的案件。酋长首先会概述一起案件，然后表露他的投票意向。等我们都说完了，他会给我们留一个家庭作业，也就是指派人员来撰写这次庭

---

* 交叉交易（cross-trading），在金融领域中指购买某种外币时使用另一种外币来支付的行为，在此喻指利益交换。——编注

议的各方意见。如果他不在多数方，多数方中最资深的大法官就要承担这一职责。有时最终意见和会议最初投票时并不一样，换了边，这种情况可能每次开庭期都有两次。投票结果不到最后真的没法确定，给你举例说明吧，我记得有这么个案子，会议投票结果是 7 比 2。我是后两人中的一个，所以由我来撰写异议。到了最后时刻，裁决结果变成了 6 比 3，不过我从后两人变成了这一次的前六人。所以我们一直在努力说服彼此。我们主要是通过文字来做到这一点的，而且有时还会发生这样的情况，一位站在多数方的大法官读到异议后说："我认为异议是正确的，我要加入那一方。"

罗：我们来谈谈首席大法官伦奎斯特吧，他在有关性别的案件中一改旧辙。你是怎么说服他的，或者他是怎么被说服的？

金：只要一个人活着，他就可以学习。最好的例子就是他在那起支持《家庭和医疗休假法案》的案件中代表最高法院作出的裁决。酋长有两个女儿，还有两个（外）孙女。可能不止两个（外）孙女，但有两个是他最大的孩子生的。我觉得他为这些姑娘付出了很多。他女儿珍妮特离婚时，我想他也感觉到自己这两个女儿以及珍妮特的女儿在生活里还是需要有一个男性存在的。但没有人看见……任何一个来到最高法院并且见到酋长的人都无法想象他对这两个女儿付出了多少，以及她们有多爱他。

罗：如果我用那部歌剧中斯卡利亚大法官的角色的语气来说，那就是，这完全不合适——"宪法对此绝对是未置一语！"法律应该忠于原始的理解，它不应该演化，不应该改变。为什么首席大法官要把女儿的观点或（外）孙女的期望也考虑在内？大法官这么做合适吗？

金：这些都代表了社会的变化，父母对女儿期望的变化，或者他们对女儿自身期望的支持。

罗：这是个很难得出结论的问题，然而每个人都想知道答案：最高法院是如何把社会变迁纳入考量的？

金：嗯，就那起有关《家庭和医疗休假法案》的案件来说，这很容易，因为这是国会通过的法律，国会的权威受到了联邦政府管辖领域之外的挑战。所以酋长解释了为什么这项法律是全国性事务，是联邦政府有权处理的事。

罗：20世纪70年代，你还是一名辩护律师的时候，伦奎斯特大法官曾经投票反对你，但你总能保持冷静。

金：是的，因为我想打赢官司。不过我渐渐喜欢上了老酋长，尤其是在他撰写了支持《家庭和医疗休假法案》的裁决意见之后。我在最高法院的最后一次庭辩是在1978年秋天，那是一个有关女性加入陪审团的案子。女人在那不久前都还不会被列入陪审团名单——如果她们愿意，她们可以选择加入，但她们不会被征召——或者她们被列入了名单，但女人，任何一个女人都被免除了这一义务。今天的年轻人要知道这种事是会大吃一惊的。

所以我和密苏里州堪萨斯城的那名公设辩护律师进行了辩论。我讲了15分钟，正要坐下来，而且自信地以为我已经把要传达的东西都摆出来了，然后伦奎斯特大法官评论道："所以说，金斯伯格女士，你是不会满足于一张印着苏珊·安东尼*面孔的新美元的。"首席大法官伯格说了一些客气话，但结果就是这样，辩论结束。在返回联合车站†的出租车上，我想，"呃，我怎么就没能快点想出一个完美的反驳呢？我本该说：是的，法官大人，代币可不行"。

曾几何时，纽约和华盛顿特区的大多数社交俱乐部都只限男人进入。所以每当有人邀请我去那些俱乐部演讲时，我都会说："我不会去一个不欢迎我成为会员的地方演讲。"有些非常杰出的团体，比如美国法律协会，会员在纽约会面时，是在世纪协会‡用餐。我写了一份说明，告诉他们为何不应该去那里会面。大多数人都同意我的看法。但也有些人不同意，美国法律协会转去哈佛俱乐部§的时候尤其如此，那里的饭菜差远了。

我第一次遇到仅限男性加入的社交俱乐部是在我丈夫

---

* 苏珊·安东尼，美国民权运动与女权运动的著名领袖，她在19世纪的美国废奴运动和女性选举权运动中发挥了重要作用。
† 联合车站是华盛顿特区的交通中枢，也是当地的代表性建筑之一。
‡ 世纪协会是纽约市的一家私人俱乐部，成立于1847年，会员包括艺术家、文人、科学家、医生、军官、工程师、神职人员、商人和法官等，但仅限男性。
§ 此处的哈佛俱乐部指的是纽约哈佛俱乐部（Harvard Club of New York City），该俱乐部成立之初仅接受男性会员，直到1973年俱乐部才投票决定允许女性会员加入。——译注加编注

为纽约一家律师事务所工作的时候。这家事务所在一所不接纳女性会员的俱乐部举办了一次节日聚会。几位女性同事想让大家知道这样不合适，但没人听她们的。所以第二年没有一位女同事出席节日聚会。再下一年，节日聚会就在一个既欢迎男性又欢迎女性的地方举行了。

罗：想想这些事情的艰难程度就觉得匪夷所思——一个女人不能参加节日派对或加入俱乐部的世界。我们取得了非比寻常的进步吗？或者还是不够？你如何评价我们自那以后所取得的进步？

金：已经取得了巨大的进步，这让我对未来充满希望。这些迹象在我们周遭随处可见。我认为在地方、州和联邦各级，竞选公职的女性人数会比以往任何时候都要多。在我获得现在这份好工作的提名时，参议院已经意识到司法委员会里没有女性，所以他们为了我的提名而增加了两名女性到司法委员会，自那以后，他们再也没有变回过去那个全是男人组成的委员会了。

八 一个异议引发的模因 *

金斯伯格大法官对自己变成了一位司法明星一直都惊讶不已。在 1996 年的一次演讲中,她把自己生活中的这种变化比作弗吉尼亚·伍尔夫在其小说《奥兰多》中所描述的情形,伍尔夫笔下那位主人公作为男人生活了多年,有天早上醒来却变成了女人。"看着镜子里的自己,奥兰多并不觉得烦心,"金斯伯格说,"她说:'我还是我,只不过换了另一个性别!'但她的生活明显变得不同了,这个世界对她的态度不同了,只因为她是个女人,哪怕在头脑和精神上她还是同一个人。"金斯伯格宣称自己的私人生活已经变

---

* 模因(meme),是指在某一文化中经模仿而传播的观念、行为或风格,通常涉及特定的现象和主题。模因具有和基因类似的复制性、变异性和选择性,因而也被称为文化基因。

成了公共生活。"现在一些琐事都会被人关注。在美国参议院确认了我的大法官任命后,当月我就登上了《纽约时报》的时尚版和《人物》杂志的全美最差着装排行榜,"她说,"媒体报道我在影片试映期间用手电筒看信件之后,我就收到了半打来自全国各地的、爱心人士寄来的口袋灯。"[1]

2013年夏,金斯伯格变成了网络红人,接着又成了美国偶像,和这种名气上的戏剧性转变相比,90年代的媒体已算相当温和。2013年7月,纽约大学法学院学生莎娜·卡尼兹尼克创建了一个名为"声名狼藉的R.B.G."的博客。此前一个月,她受到了金斯伯格在谢尔比县诉霍尔德案中的异议的启发,在自己新创建的博客中引用了这一意见。金斯伯格写道:"在预检制度已经奏效且仍在持续阻止歧视性修改的情况下,抛弃它就像在一场暴风雨中因为还没有被淋湿而扔掉你的伞。"[2]她反对最高法院以5比4票作出的那项废止了《投票权法案》第5条的裁决,该条款要求有投票歧视历史的州在对投票规则进行任何修改并生效之前必须获得联邦政府的批准,亦即"预检"。卡尼兹尼克借用了"声名狼藉的B.I.G."*这个艺名,她之所以建起这个汤博乐博客,是因为"金斯伯格蔑视刻板印象;人们期待的是一位谦恭的、有祖母气质的人;她虽是一位祖母,但她展示了强大无比的力量,她就是她,无须道歉"。[3]这个汤博

---

* 声名狼藉的B.I.G.,即美国已故说唱歌手克里斯托弗·华莱士(Christopher Wallace)。

乐博客迅速走红，卡尼兹尼克又与记者伊琳·卡蒙合写了一本书，名为《异见时刻："声名狼藉"的金斯伯格大法官》，她解释说，金斯伯格"让女性可以想象一种不同的权力，想象一个手握权柄的女人，她的年纪已经远远超过了通常而言一个女人会被社会遗忘的年纪"。[4]

随着金斯伯格的名气越来越大，她的异议也变得越来越激烈。她在对好必来公司案中以5比4票作出的裁决所提出的异议中写道："我担心最高法院已经步入了一片雷区"，该裁决准许雇主免受有悖其宗教信仰的法规的约束。"这种豁免……会不会扩展到那些以宗教理由反对输血的雇主（耶和华见证会会众）；反对抗抑郁药的雇主（科学教教徒）；反对从猪身上提炼药物的雇主，包括麻醉药、静脉输液和涂有明胶的药丸；以及反对接种疫苗的雇主？"[5]

2014年9月，也就是金斯伯格在汤博乐封神的一年后，我采访了她，我问到了一个作为朋友和记者最感惊讶的话题：这位克制的司法最低限度主义者，这位在20世纪90年代的演讲中还强调过文明和共治的重要性的法官中的法官，为何会转变成反对派的激进领袖？她坚称自己并没有改变，是最高法院在2006年随着奥康纳大法官的退休而发生了变化。由于她发现自己越来越频繁地站在异议方，因而感觉有义务清楚地表达出自己的不同意见。2007年春，金斯伯格首次发布了两个广受关注的异议——在冈萨雷斯诉卡哈特案中，最高法院以5比4票的裁决维持了联邦政府的怀孕晚期堕胎禁令，在莱德贝特诉固特异轮胎与橡胶公司案*中，最高法院以5比4票的裁决认定这个女人等待了太长时间才提出联邦薪酬歧视索赔。对很多人来说，这两起案件都标志着这个后来成了"声名狼藉的RBG"的伟大异议者已经开始崭露头角。不过金斯伯格还指出了另一个转折点，那就是约翰·保罗·史蒂文斯大法官在2010年退休。

要理解金斯伯格的角色是如何转变的，不妨回顾一下最高法院的多数意见和异议的分派方式。正如上一章里金斯伯格提到的，在最高法院的开庭期内，大法官们每周要举行两次不公开的会议，投票决定应该对哪些案件作出裁决，以及如何对刚刚辩论过的案件作出裁决。除九名大法官之外，任何人不得进入会议室。各位大法官在会上要按年资顺序来讨论案件，首席大法官首先发言，资历最浅的大法官最后发言，然后大法官们开始投票。如果首席大法官属于多数方，也就是说有四名及以上的大法官和他立场一致，那么他就可以自己来撰写多数意见，或者指派另一名大法官来撰写。如果首席大法官属于少数方，那么多数方的资深大法官就要担任影子首席大法官——可以自己撰写多数方的裁决意见，也可以指派一位最能反映多数方观点的大法官来撰写。金斯伯格告诉我，在接替史蒂文斯成为最资深的自由派大法官后，她曾试图说服自由派的同僚

---

* 下文中亦称"莱德贝特案"。——编注

们在持异议时统一口径，这样他们的观点才会对公众更有说服力。这就是为何在这些案件中往往都会由金斯伯格来撰写一份主要的异议，其他三位自由派大法官附议。

尽管如此，这种角色的变化并不能完全解释金斯伯格的转变。在几起备受瞩目的案件中，较务实的自由派大法官（埃琳娜·卡根和斯蒂芬·布雷耶）一直都愿意跨越派系界限，与首席大法官约翰·罗伯茨达成一种中间派的妥协立场。例如，在全国独立企业联盟诉西贝利厄斯案这一涉及《平价医疗法案》的案件中，卡根和布雷耶就加入了保守派大法官的阵营，他们都认为医疗补助的扩大化属于违宪，但他们也和罗伯茨达成了一致看法，即如果各州可以将医疗补助的扩大化视为可选项，而非强制性规定，那么这种扩大化是可以施行的。相比之下，金斯伯格和索托马约尔大法官则坚持认为对医疗补助的强制性扩大化是符合宪法的。2018年，最高法院在特朗普诉夏威夷州案中以7比2票的裁决支持了特朗普总统颁布的旅行禁令，金斯伯格赞同索托马约尔大法官的异议，而卡根和布雷耶则与保守派大法官们达成了一致。* 索托马约尔在杰作蛋糕店诉科罗拉多州民权委员会案中也赞同金斯伯格的异议，而其他七名大法官则以相近的态度作出了有利于一名面包师的裁决，这名面包师以第一修正案为由拒绝为一对同性恋夫

---

* 此处作者错把卡根和布雷耶持独立的异议（由布雷耶撰写）记成了加入保守派。特朗普诉夏威夷州案判决中，罗伯茨代表的多数意见只取得5票，4票异议来自布雷耶、卡根、索托马约尔和金斯伯格。——编注

妇烘焙婚礼蛋糕。

由于金斯伯格和索托马约尔一样，不太愿意加入寻求中间妥协的温和自由派大法官的行列，而更愿意单独提出异议，因此似乎可以合理地得出这一结论，即相较于被任命为最高法院大法官之前的那段时期，她已经发生了脱胎换骨的变化，那时她曾表达过对异议的担忧，并强调了法庭的一致和共治的重要性。在她接获任命前发表的一系列文章中，她曾表示上诉法院过于频繁地使用单独意见会对法院的权威造成威胁。[6]在1990年的一篇名为《论单独意见》的文章中，她对美国联邦最高法院提出了太多的单独意见表示忧心，说这可能会破坏其裁决的明确性和稳定性。[7]1992年，她在纽约大学的麦迪逊演讲中建议，当上诉法院的"陪审团意见一致时，鼓励简洁和高效的标准惯例应该是在不披露意见撰写人的情况下以法庭的名义公布裁决结果"。[8]她赞成路易斯·布兰代斯大法官*的观点，即在她所说的存在"重大宪法问题的案件中……这些问题要得到决定性的解决，最好的办法就是统一意见"。在接获任命前发表的其他文章中她强调了适度和共治作为法官之理想品质的重要性，也重申了通过跨越党派界限来维护公正的重要性。[9]

在金斯伯格看来，她不得不在那些5比4票的案件中提出强硬的异议，因为日趋保守的最高法院拒绝承认她心

---

* 路易斯·布兰代斯，美国联邦最高法院大法官（1916—1939），犹太人，被称为人民的律师，美国进步运动的主要推动者。

目中那种至关重要的共治和妥协。当金斯伯格这个最低限度主义者演变成声名狼藉的RBG时,她并没有沉湎于自己在1992年引用法学家罗斯科·庞德[*]的话时所表达的观点,即"对(撰写意见的)同事的肆意谴责,暴力辱骂,将不良动机归于法院的多数方,暗示(其他法官)无能、失职、怀有偏见或迟钝"[10]会危及公众对法院的尊重。

金斯伯格现在深信,异议的价值就在于劝告子孙后代去纠正他们所感受到的不公。"异议是说给未来世代听的,"她在2002年如此告诉NPR记者尼娜·托滕伯格,"最伟大的异议最终会成为法庭的意见,随着时间推移,其中的观点也会逐渐成为主流观点。所以异见者的希望就在于:他们不是写给今天,而是写给明天。"[11]她的这一观点在2007年的莱德贝特诉固特异轮胎与橡胶公司案中得到了强化,该案以5比4票作出了裁决,保守派多数方认为固特异员工莉莉·莱德贝特没有在国会规定的时间内提出性别歧视指控,而金斯伯格公开谴责了这一裁决。金斯伯格的异议批评多数方的"狭隘"解释忽视了联邦反歧视法的广泛目标,并呼吁国会推翻这一裁决。2009年1月,国会对金斯伯格的建议作出了回应,通过了《莉莉·莱德贝特公平薪酬法案》,巴拉克·奥巴马总统上任第一天就签署了这一法案。

---

[*] 罗斯科·庞德,美国20世纪最负盛名的法学家之一,"社会学法学"运动的奠基人。

★★★

罗：你是出了名的歌剧迷，但最近你却因为另一种音乐变成了网络红人，那些印着"声名狼藉的R.B.G."的T恤在网上随处可见。所以我的第一个问题就是：你知道声名狼藉的B.I.G.是谁吗？

金：我的法官助理跟我说过。这不是最早的T恤，最早的出现在布什诉戈尔案之后。那些T恤上都印着我的照片，下面还有"我反对"的字样。现在这些印着声名狼藉的R.B.G.的T恤上有很多搞笑模仿的成分。还有一种T恤是谢尔比县案判决之后出现的，上面印着"我爱R.B.G."。

罗：有一种还印着"鲁斯·巴德·金斯伯格会怎么做？"。

金：还有一种"没有RUTH（鲁斯），你就拼不出TRUTH（真理）"。

罗：你对成为网络红人有何感想？

金：孙辈都很高兴。在我这样的高龄——我现在已经是个八旬老人了——我常常会惊讶于想要给我拍照的人数量如此之多。

罗：你被任命为大法官的时候，很多人都称你为"最低限度主义者"。他们说你很谨慎。直到最近几年，你才真正找到了自己的声音，成了自由派的偶像。你做了哪些改变？

金：杰夫，我不觉得我变了。或许我不再像刚刚当上大法官时那样犹豫不决了吧。真正改变的是最高法院的人员构成。想想2006年，那时奥康纳大法官离开了最高法院，在她被接替后的几个月里，在那些案件中，最高法院都分裂成了5比4，而我就是那四人之一，但如果奥康纳大法官还在任的话，我就是那五人之一。所以我不认为我的法学理念有什么变化，只不过对法庭上的这些问题，大家的态度有所不同。

罗：但看起来你在过去的几年里真的有点怒火中烧的感觉。你的语气听起来就像是路易斯·布兰代斯，用"狂妄自大"这样的词来形容《投票权法案》在谢尔比县案中遭到的破坏。你还说了一些有关雨伞和淋湿的精彩隐喻。我的问题是：是什么让你最近变得如此大胆和自由，以至于会用一种前所未有的方式来有力地表达自己？

金：我有一个很好的榜样。在我就职于最高法院的大部分时间里，约翰·保罗·史蒂文斯大法官都是最资深的大法官。当我们分裂成5比4的时候，他就是这四人中最资深的。他对异议的分派是公平的，但他确实把大部分重大案件的意见撰写任务都留给了自己。

我会尽力做到公平，不让一个人接手所有乏味的案件，也不会让另一个人拿到所有令人兴奋的案件。在最受关注的那些案件中，我想我确实撰写了其中的大部分异议。

罗：所以这实际上是一个有关你角色的问题。正如你所说，作为资深的大法官，在你处于多数方时，你有自己撰写裁决意见的优先权，或者也可以把这个任务指派给你认为能做到最好的大法官。在你处于异议方时，你可以自己撰写主要的异议，也可以把它指派给任何你喜欢的人。你是如何使用这种权力的？你重视一致性吗？当四名异议者聚到一起时，你会不会尽力说服他们都加入同一个意见？

金：会。在《平价医疗法案》案中，我和同事们开了个会。我想我们花了将近3个小时来讨论该如何撰写异议。我会问我的同事们有什么建议。在他们都看过我的意见草稿之后，这份稿件才会给全体大法官传阅，所以我可以确保我是在为我们四个人代言，而不仅仅是我自己。我认为公众理解一个异议要比理解四个异议容易得多。所以我们会刻意地尽量不产生分歧。不过这有时也免不了，虽然并不常见。但在很大程度上，我们都可以集中到一个能代表所有异议者的异议上来。

罗：你提出的四个自由派联合起来对抗五个保守派的愿景跟首席大法官罗伯茨上任时提出的愿景极为不同，当时他谈到了全体一致的重要性，而且试图说服同僚们聚拢在一个较窄的一致意见上，以避免这种5比4的分裂，因为这种形象看上去像党派政治，对最高法院和国家都是不利的。这是个站得住脚的愿景吗？他有没有取得什么成果？这能够实现吗？或者最高法院还是会继续以5比4的极化投票来作出重大的裁决？

金：他的规划有可取之处——在他的第一个开庭期内，最高法院异乎寻常地团结在了一起。对此有一个明确的解释：首席大法官罗伯茨的第一个开庭期也是桑德拉·戴·奥康纳大法官的最后一个开庭期。所以在她的最后一年，也是他的第一年，最高法院达成的一致意见要比此后我们所看到的更多。我已经说过很多次了，我想任何人只要核实一下都会发现这就是事实，她离开我们的那一年，在每一起我是那四人之一的案件中，如果她还留任，我就会是那五人之一。所以她的离开对最高法院造成了巨大的影响。

罗：而你已经不鼓励各自表述的一致意见了。

金：是的。

罗：为什么会这样？

金：我不想看到布什诉戈尔案那样的经历再度上演。最高法院分裂成了5比4，却有四个不同的异议，媒体都被搞糊涂了。事实上有些记者就宣称裁决结果是7比2。我们四个人只要有时间就会聚在一起，这样可能就只会有一个异议，而不会用我们各自的异议去填塞《美国联邦最高法院判例汇编》。

罗：一般来说，你比你的一些同事更不愿意妥协。这是个有意识的决定吗？

金：在布什诉戈尔案中的确是这样。最近的好必来公司案也是如此，在该案中，布雷耶和卡根这两位大法官就表示他们不愿对营利性法人自由践行宗教信仰的权利表态。

罗：所以他们写了一份单独的异议。

金：只有几行解释。我们都同意什么是最重要的。无论一家企业是独资、合伙还是法人团体都无关紧要。很简单的一点是，我们有权自由言说，有权自由践行宗教信仰，但也要有一个关键性的限制。就像查菲教授所说的："我们有权挥动手臂，只要不撞到另一个家伙的鼻子。"（泽卡赖亚·查菲，1916至1956年在哈佛大学法学院任教）。我要强调的是，我们没人怀疑好必来公司所有者的信仰真实性。这是个既定事实。但是在一家以营利为目的的企业中，任何人都不能将他或她的信仰强加给全体员工，包括那些没有这种信仰的人。

罗：在你讲述那些出自宪法修正案、民权运动和国会法案的平等权扩张的故事时，我想我开始理解你在涉及投票权、平权行动和医保的案件中那种提出异议的激情了。我们来谈谈涉及投票权的异议吧，其中的措辞让人记忆犹新。你说："对抗这种恶性感染的尝试就像跟九头蛇作战一样。每当认定并禁止了某种形式的投票歧视之后，其他形式的歧视就会如雨后春笋般涌现出来。"你对得克萨斯州决定实施一项选民身份证法感到惊讶吗？最高法院在谢尔比县诉霍尔德案中推翻《投票权法案》第5条后几个小时就出了这种事。

金：没有。这就是那个隐喻嘛，因为我们没有淋湿，所以就放下了伞，但暴风雨已经在肆虐了。我早就料到了会发生这种事。现在的问题是他们会怎么做——选民身份证法,提前关闭投票站,把投票站设在一些不方便的地方。

罗:《投票权法案》中保留下来的第2、3条是不是充分的替代方案,最高法院会不会把这些条款也废除掉?

金:我没法预测最高法院会怎么做,但也许我们应该解释一下。第3条就是"内部担保"条款。这也是我认为《投票权法案》符合宪法的理由之一。假设某个州在1965年不允许非洲裔美国人投票,但时过境迁,他们改变了这种做法,不再因种族而让人们远离投票站,那么如果他们在十年内都记录清白,就可以豁免于这一法律的要求。另一方面,如果一个州最初就不属于那些需要对其投票政策变更进行预检的州,那么只要有正当理由,这些州或地区也可以获得内部担保。所以这个办法可以排除那些不属此列的政治单元,同时加入属于此列的政治单元。这就是国会提供的机制。但我记得多数意见里并未提及内部和外部担保条款。

罗:不过法院在允许各州获得内部担保之前,针对故意歧视的要求非常高,这就是为什么很少有哪个州能获得内部担保,这些诉讼可能也会因此而败诉。

金:是的。这还有待观察。

罗:第2条也针对故意歧视提出了很高的要求,即便国会力求降低其标准,而最高法院也已大幅降低了这一标准;所以这是一场同样艰难的战斗。

金:嗯,即使你无法证明你的意图,国会也可以说这实际上带有歧视性。最高法院会如何处置这个问题还没有定论。

罗：但是如你所说，你的异议的力量很大程度上是出自对第5条的需要。国会的合理推论使联邦政府的预检很有必要，因为除非能提前查验这类新形式的投票歧视，否则就如你所言，九头蛇会卷土重来。跟我们再谈谈这方面的情况吧。

金：是的，这些手段新颖、形式多样又明目张胆。他们对自己的所作所为不加任何掩饰。过去的识字测试——嗯，那只是对黑人选民的恫吓，就算他们能够去投票站登记，也会有人阻止他们这么做。我的意思是这段暴力的历史就是要通过《投票权法案》的原因。后来随时间推移，那些粗糙的手段过时了，但更微妙的手段又出现了，比如在少数族裔选民不方便去的区域设置投票站，或者推迟开放或提前关闭投票站，让有工作的人很难出来投票，还有重新划分选区。更微妙和更精密的手段已经取代了过时的粗糙手段。这些事我们都可以看到，现在正在发生。

罗：你提出了一个非常有力的论点，那就是第十四、十五修正案的制定者是有意让国会而不是最高法院成为投票权的主要捍卫者。

金：对。如果你比较一下——以第一修正案为例，它规定"国会不得制定（如下）法律"，还规定"国会不得插手"。但第十三、十四、十五修正案则是以"国会有权通过适当的立法强制执行"这些南北战争修正案作为结语。所以宪法不是对立法机构的行事范围所作的否定性审查，而是肯定性地赋予了立法机构实施这些修正案的职权。

罗：你还在西北奥斯汀第一市政事业区诉霍尔德案*的意见中批评了最高法院的膨胀，这种膨胀也出现在谢尔比县案中，前一案件在几年前避免了一次对《投票权法案》的合宪性裁决。这是首席大法官罗伯茨通过窄化裁决来避免宪法冲突的一个例子，但回过头来看，你有没有对加入西北奥斯汀案（的多数意见）感到遗憾？

金：我认为西北奥斯汀案的裁决结果是正确的。这是一个从未有过歧视的水源区，但其所在的州却曾经存在过歧视。最高法院宣读了这项法案，并称：区、市、县可以获得外部担保。所以有可能你所在的州还存在歧视，但你所在的地区并没有歧视。西北奥斯汀案中裁定外部担保可适用于规模较小的政治单元，这是好事。酋长撰写了意见，他说的话让我们当中的某些人心神不宁。

罗：你说罗伯茨法院正在变成历史上最具能动主义性质的法院之一，这是什么意思？

金：当我有意地使用"能动主义"时，我应该先界定一下这个词。这是一所可以毫不犹豫地推翻国会立法的法院。所以我就举两个最近上了头条新闻的例子吧。《平价

---

* 西北奥斯汀第一市政事业区诉霍尔德案（西北奥斯汀案），西北奥斯汀第一市政事业区在法庭上主张《投票权法案》第5条违宪，最高法院驳回了这一主张，但允许无歧视历史的地区申请免于预检。

医疗法案》在国会获得了通过，但最高法院——嗯，最高法院认为商业条款无法作出那样的延伸。谢天谢地，征税权挽救了这个案子。但最高法院准备否决一项根据商业条款——保险肯定是商业啊——而来的立法，这还是让我感到震惊。

最糟糕的案例，在我看就是谢尔比县案。《投票权法案》的修正案在国会以压倒性多数获得了通过。我想它在参议院是获得了一致通过的，在众议院也获得了330多票。如果有人对《投票权法案》有所了解，知道它是如何影响制度的，那么我认为民选议员们所具备的理解力肯定是未经选举产生的法官所不具备的。然而，尽管国会以压倒性多数通过了《投票权法案》，最高法院还是说：这行不通。这个方案已经过时了，所以国会不得不回头重新来过。《投票权法案》最初是在1965年约翰逊的任期内通过的，在尼克松、福特和两个布什的任期内又得以延期。但最高法院说：不能这么干。政坛人物们更熟悉的相关议题立法被不熟悉该议题的最高法院给推翻了，这就是其中一例。

罗：我最后还想问你一些问题：你估计你的异议在将来会成为多数意见吗？或者反过来问，你认为平权行动是否会走向衰落？竞选资金又是否会受到进一步限制？罗伊案会被推翻吗？你认为你将来会成为多数方还是会继续提出异议？

金：国会有时是能帮上忙的。但涉及宪法解释的案件时就说不准了，在那种情况下最高法院会说："这就是宪法想表达的意思。"好吧，这就是宪法的意思，直到最高法院推翻了自己的裁决或者宪法里加入了修正案。但是当你在处理《民权法案》第七章这种主要的就业歧视法规时，如果最高法院犯了错，国会还可以补救。

所以我在最高法院感到最满足的时期之一就是审理莱德贝特案的那段时间，当时我在异议中说的基本就是："国会，我的同事们真的误解了你们的意思，所以要把话说得更清楚些。"国会在两年内做到了这一点。这起案件涉及一个女人，她是固特异轮胎与橡胶公司的一名区域经理。这是一个主要由男人来担任的职位。莉莉·莱德贝特在那里工作了十多年后，有人在她邮箱里放了一张纸条，上面只有一些数字。那是莉莉和其他同等岗位的同事的工资，其中资历最浅的男人都比莉莉挣得多。所以她以《民权法案》第七章为由提起了诉讼，她表示："这在我看来就是歧视。"陪审团同意。她得到了一个实质性的判决。案件上诉到我院以后，我们说她起诉得太晚。《民权法案》第七章规定，你必须在歧视性事件发生后180天内提出控告。这种薪酬歧视始于70年代。想想莉莉·莱德贝特这样一个女人的处境吧。首先，雇主不会透露薪酬信息，那么她如何能知道呢？其次，如果她怀疑自己没有获得男同事那样的待遇，她也会担心："如果我提出控告，发起诉讼，辩方可能会说：'这和莉莉是不是女人无关，她只是工作做得不够好。'"所以如果她继续工作,她在那里工作了十年,而且绩效评价很好,那么再用这种辩词就没意义了;他们不能再说她工作做得不好了。所以她这个案子在当时是可以赢的。她可以把薪酬差距展示出来,她可以证明自己做得和男人一样好,甚至更好。但最高法院说:"本来你有胜诉的机会,但太晚了。"

所以我的异议就描述了所有莉莉这一代女性都知道的一件事:如果你是男性主导领域中出现的第一位女性,你不会想以爱抱怨出名,你不会想打破现状,你不会想被人看成是一个闹事的人。但总有一天歧视会和你面对面,你必须表明立场。莉莉就是这么做的。异议方提出的观点是出于一种质朴用心,那就是"这名女性每收到一份薪水都是一次新的歧视,所以她可以在最近一次发薪后的 180 天内提起诉讼,她会准时的"。国会也是这么说的:"是的,我们就是这个意思。"

如我所说,宪法是另一回事,最高法院一次次发现了自己曾经犯下的错误,而且已经纠正了这些错误。

如果是宪法案件,国会就无法补救了。这种改变必须通过修正案来实现,而我们的宪法很难修正:需要三分之二的国会议员和四分之三的州批准。我从《平等权利修正案》*的经验中知道了修正宪法有多难,所以次好的办法——不是次好,而是更好的办法——就是最高法院纠正自己所

---

* 《平等权利修正案》旨在从宪法层面保障所有美国公民享有平等的合法权利,消弭男女在婚姻、财产、就业和其他方面的法律区分,但尚未获得批准。

犯的错误。异议成为我国法律的传统由来已久。霍姆斯大法官*和布兰代斯大法官的言论自由异议就是一个例子。另一个例子就是那起臭名昭彰的斯科特诉桑福德案†的判决，当时已经有两名异议者认识到了最高法院的错误。然后是约翰·马歇尔·哈伦一世大法官首次在那些所谓的《民权法案》相关案件‡中提出了异议，大约13年后，他在普莱西诉弗格森案§中也提出了异议。当我们回首过往，会看到有人认为最高法院的判决是错误的，而且这人还写下了正确的判决意见——它最初就是一个异议，在后世却成了最高法院的意见——我认为这很好。

---

* 奥利弗·温德尔·霍姆斯，美国著名法学家，曾任最高法院大法官（1902—1932）。
† 斯科特诉桑福德案，根据19世纪中期的美国法律，一个奴隶一旦到过自由州就能自动获得并一直拥有自由人身份。黑奴德雷德·斯科特因随主人去过自由州，因而为获得自由身而发起了诉讼。1857年3月，最高法院以7比2票驳回了斯科特的上诉，理由是黑奴只是财产，而非美国公民，无权提出起诉。
‡ 《民权法案》相关案件是截至1883年美国的一系列案件，联邦最高法院在其中裁定第十三、十四修正案并未赋予国会权力禁止个人的种族歧视行为，而在此前通过的1875年《民权法案》将基于种族歧视的公民行为视为非法，于是最高法院当时判决1875年《民权法案》不得实施。——编注
§ 普莱西诉弗格森案，1892年，拥有八分之一黑人血统的霍默·普莱西故意登上路易斯安那铁路的一节专为白人服务的车厢，根据路易斯安那州的相关法律，白人和黑人不得落座于同一车厢，而普莱西被认定为黑人并遭到逮捕。普莱西的律师指责路易斯安那州的法律侵犯了普莱西享有的第十三、十四修正案所赋予的权利，结果败诉。1896年，普莱西上诉至美国联邦最高法院。最高法院以7比1票裁定路易斯安那州的法律并不违反第十三、十四修正案，因为两种车厢并不存在质量上的差异，"隔离但平等"并不意味着对黑人的歧视，只是确认白人和黑人之间由于肤色不同而产生的差别。

九 她想推翻的案件

自担任上诉法院法官以来,鲁斯·巴德·金斯伯格一直将自己视为司法最低限度主义的倡导者,这意味着法官应该对案件作出狭窄而非宽泛的裁决。她还一再重申,大法官们一般来说都应该顺应其他裁决机构(国会、州立法机构、州法院)的意见,并应以"有节制的行动"为指导,这意味着他们不应太过超越民意,在大多数案件中,他们也应该尊重司法先例,而不是鄙弃它们。

在一次发人深省的谈话中,她向我解释了一些她认为有必要通过司法手段废止法律的罕见情况,而且指出了她最渴望推翻的最高法院的案件。

她解释说,最高法院在2013年的费希尔诉得克萨斯大学案*中作出的裁决推翻了下级法院支持该大学实行平权行动计划的判决,并将案件发回下级法院,下令实施"严格的司法审查",而她在此案中提出的唯一异议实际上是受到了最高法院历史上最著名的脚注的启发。

这个为法学院学生所熟知的脚注被称为"脚注4",发表于1938年的美国诉卡罗琳产品公司案†中。最高法院的意见由首席大法官哈伦·菲斯克·斯通‡撰写,该意见认为法院一般应维护经济类法规,因为法官的职责不是对立法决策进行事后评判,除非这些决策本身有可能受到种族偏见或政治进程中其他缺陷的影响。

就在最高法院不再对富兰克林·罗斯福新政的经济立法进行事后评判之后,最高法院对卡罗琳产品公司案作出

---

* 费希尔诉得克萨斯大学案(下文中亦称"费希尔案"),白人女性阿比盖尔·费希尔申请得克萨斯大学遭拒,因为她不符合校方的顶尖10%计划,即录取州内所有高中毕业班成绩排名前10%的学生可以自动获得得克萨斯大学的入学资格。在该计划之外,得克萨斯大学仍保留了一些入学名额,学校会考虑申请人的各方面因素,包括种族,确定是否给予申请人入学资格。费希尔据此起诉得克萨斯大学,认为其将种族作为入学资格考虑因素,违反了平等保护条款。联邦地区法院裁定学校的做法并未超出宪法允许范围,上诉法院也肯定了联邦地区法院的判决。——编注

† 美国诉卡罗琳产品公司案(下文中亦称"卡罗琳产品公司案"),该案涉及一项联邦立法,它限制了一种混合奶的跨州运输,而卡罗琳公司认为这一法律剥夺了公司的商业自由权,违背了宪法第五修正案中的正当程序条款。首席大法官斯通在裁决意见中指出,最高法院在裁决与州际商业相关的案件时应当认可立法者制定与商业活动相关的法律时所依凭的知识和经验,如果不缺乏这样的理性基础,就不应宣布这些立法违宪。

‡ 哈伦·菲斯克·斯通,美国政治家、律师,曾先后担任美国司法部部长、美国联邦最高法院大法官和美国首席大法官。

了这一裁决，在确定法官应该在什么情况下推翻法律方面，该裁决是最高法院在20世纪最成体系的尝试。斯通说，在考虑经济立法时，法官应假定这些法律是符合宪法的。但在"脚注4"中，他确定了三种"合宪假定"有可能不适用，而某些法律应该"接受更严格的司法审查"的情况：第一，案件涉及的法律违反了宪法或《人权法案》中的明文禁令；第二，案件涉及的法律限制了"某些政治进程，它们一般来说有望废除那些不得人心的立法"，例如限制言论自由的法律；第三，"针对特定的少数宗教、民族、种族（的法律），或其他受偏见影响敌视孤立群体"的法律。

金斯伯格在哈佛法学院研究过"脚注4"，按照许多学者和法官的惯例，她也将斯通的这三个类别压缩成了两个，她说这定义了最高法院在20世纪的大部分时期里对宪法案件的见解。金斯伯格指出，最高法院一般都会支持经济方面的立法，而对另一类法律多有质疑，那些法律让少数宗教、民族、种族或其他群体——例如非洲裔美国人——在政治进程中因偏见的刻板印象而处于不利地位。

金斯伯格告诉我，在费希尔案中，她不同意同事们的观点，即平权行动法应该接受司法审查，同时指出这些法律是为了帮助少数群体，而不是要伤害他们。

金斯伯格对"脚注4"的引用意义非凡，因为这为确定她最希望被推翻的那些案件提供了一种详尽的理论——在这些案件中，保守派多数方推翻了的法律既没有违反宪法中的明文禁令，也并非多数群体不利于少数群体的例子。就这份清单所包含的一些案件而言，金斯伯格认为保守派们正在提倡某种最高法院于20世纪30年代的卡罗琳产品公司案中就曾拒斥的经济司法能动主义，例如在联合公民案中，保守派多数方就认为法人团体和自然人拥有同等的言论自由权，还有对《平价医疗法案》所作裁决的一部分，其中判定国会在其职权范围内无权管控州际商业事务，也无权强制人们购买医疗保险。

金斯伯格的这份清单中还有一些案件，在这些案件中，保守派大法官们推翻了旨在帮助少数群体的法律，包括《投票权法案》的一部分和平权行动计划。在另一些案件中，金斯伯格认为司法干预正当合理，而且"脚注4"可为之提供解释，但保守派大法官们却投票赞成克制，这类案件包括2007年的冈萨雷斯诉卡哈特案，该案中保守派大法官们投票维持了联邦政府的怀孕晚期堕胎禁令，而金斯伯格认为这项禁令不利于女性；以及2013年的美国诉温莎案*

---

* 美国诉温莎案，温莎和斯拜尔是一对同性伴侣，两人于2007年在加拿大多伦多结婚，其婚姻关系得到了纽约州的承认。斯拜尔于2009年去世，温莎是唯一遗产继承人，但由于1996年通过的联邦《婚姻保护法》不承认同性间的婚姻关系，美国政府向温莎征收了约36.3万美元的遗产税（已婚关系可得到豁免）。温莎向联邦地区法院提起诉讼，该案后上诉至最高法院，最高法院多数意见认为各州有权定义婚姻关系，而《婚姻保护法》违反了立法原则和历史先例，剥夺了同性伴侣受联邦政府承认的婚姻权，因此裁定《婚姻保护法》违宪。

和霍林斯沃思诉佩里案*，肯尼迪大法官在美国诉温莎案中加入了自由派阵营，投票废除了联邦《婚姻保护法》，理由是该法案不利于男女同性恋者。金斯伯格还特别提到了早先的两项裁决，即1977年的马赫诉罗伊案和1980年的哈里斯诉麦克雷案的裁决，这两项裁决都判定国会和各州不必将医疗补助覆盖范围扩大到贫困女性堕胎，无论这种堕胎是否有医学上的必要。

对金斯伯格而言——对20世纪50、60和70年代的沃伦法院和伯格法院的大法官们来说也一样——法官通常都应该支持由多数人通过的有利于少数人的法律，除非有强有力的证据表明这一政治进程无法奏效。她在哈佛大学法学院学到的这一简单理论一度定义了最高法院在宪法案件上的态度，金斯伯格大法官希望这一理论能在未来重焕新生。

罗：目前最高法院作出的最糟糕的裁决是什么？
金：如果我要推翻一项裁决，那就是联合公民案。我

---

* 霍林斯沃思诉佩里案，两对同性伴侣起诉负责执行加州婚姻法的州政府官员，声称加州宪法中只承认男女两性婚姻关系的8号提案侵犯了他们的平等保护权。联邦地区法院判决8号提案违宪，该提案的官方支持者提出上诉，最高法院接到上诉后以上诉人缺乏诉讼资格为由撤销了该案，事实上维持了联邦地区法院的判决，即加州宪法的8号提案违宪。

认为"可以用钱买到所有民主"的观念和我们所设想的民主相去甚远。所以这是我清单上的第一位。第二位是医保案（全国独立企业联盟诉西贝利厄斯案）的裁决中涉及商业条款的那部分。自1937年以来，最高法院一直都允许国会全权制定社会和经济方面的法律。我认为最高法院侵入国会这一领地范围的企图已在20世纪30年代末终止了。医保当然和商业有关。

排在第三位的或许是谢尔比县案，此案本质上涉及对《投票权法案》的破坏。该法案包含着一部卷帙浩繁的立法史。延长《投票权法案》的议案在参众两院之中，在共和党人和民主党人之中都获得了压倒性的通过。在我看来，最高法院干预政治机构的决策是不合乎规程的。最高法院本应尊重立法机构的判断。立法者对选举的了解要比最高法院多得多。联合公民案也是如此。我认为立法机构的成员，也就是那些必须竞选公职的人都知道金钱与左右法律通过的影响力之间的关联。最高法院多数方的立场就是，那是1965年的事了，已经过去很多年了，一些存在歧视的州可能都不再有歧视了，所以国会必须拿出一个新方案。好吧，哪位国会议员会站起来说："我的选区还有歧视"？我认为我的同事们没有表现出他们应有的克制，因为他们本应尊重国会对延长《投票权法案》的压倒性表决。

排在第四位的是冈萨雷斯诉卡哈特案，也就是所谓的怀孕晚期堕胎案。没有人会把这个医疗程序当成首选，但这有可能就是一个女人唯一的选择,最高法院拒绝承认禁止这一程序会忽视一些别无选择的女性,所以我希望看到这一裁决被推翻。如果你回顾一下70年代的两项裁决,最高法院曾裁定,医疗补助的覆盖范围不包括任何形式的堕胎,无论是治疗性的还是非治疗性的。这就让我们陷入了这样一种局面,在我们国家,任何有钱的女人,任何承担得起跨州旅费的女人,都可以堕胎。不去堕胎的都是穷人,她们不能旅行,不能请假。这种状况让人深感遗憾。弱势群体都是最无声的人,包括贫困女性,我觉得这是最不幸的事。所以我希望这一裁决和其他限制堕胎的裁决都被推翻。

罗:你为什么决定在费希尔案这一平权行动案中提出唯一的异议?多数方在此都再一次回避了就合宪性问题作出直接的裁决,而让人忧虑的是以某种方式提高其标准实际上有可能导致平权行动走向终结。

金:如果回顾一下可疑分类原则的起源,我认为这次最高法院采取的立场是令人震惊的。这一原则出自首席大法官斯通在卡罗琳产品公司案中所作裁决的一个脚注,他在其中解释说,大多数情况下,我们都信任立法程序,最高法院会顺应并尊重国会通过的法律。因此我们认为这些法律——我们会假定立法机构所立的法是符合宪法的。

斯通表示,在两类情况下,这种态度才是不正确的。第一类情况是基本自由和《人权法案》的保障受到威胁,第一修正案中的诸项权利受到威胁。最高法院是《人权法案》的守护者,它应该确保国会牢记一点,即国会不得通过任何限制言论自由或出版自由的法律。另一类则是多数人对少数人不利的情况。所以你真的不能任信这种政治程序。被压迫的少数人没有政治影响力;你不能相信多数人会公平地对待他们——要质疑的就是多数人有没有对少数人不利。随着时间的推移,种族早已成为一个可质疑的标准。当一所州立大学想要推行一项最温和的平权行动计划时,最高法院有什么资格说这是违宪的?再说一次,这种情况下要顺应另一裁决机构。

罗:你的语气又一次让我觉得你比斯卡利亚大法官更像一个原旨主义者[*]。就我们谈到的这两个涉及平权行动的案例而言,你说宪法史站在你这边,并且你提倡尊重原始理解和司法克制。

金:卡罗琳产品公司案的那个脚注体现了最高法院的洞察力。你知道,有些人认为可疑分类始于1944年的是松案[†]。但这又回溯到了最高法院停止压制社会和经济立法,

---

[*] 原旨主义者认为法院释宪应当遵循立宪时的原意,同时与当前各种社会运动之间的冲突保持距离。

[†] 是松案,即是松诉美国案。美国政府在太平洋战争期间出于国家安全考虑,决定将日裔美国人迁入安置营。罗斯福总统在1942年2月为此签署了第9066号行政命令。住在圣莱安德罗的日裔美国人弗雷德·是松(Fred Korematsu)选择留在其住处,随后即遭逮捕。此后他声称第9066号行政命令违反了第五修正案,第九巡回上诉法院核准是松有罪。该案上诉至最高法院后,多数意见认为该行政命令并没有显示出种族偏见,只是为确保美国西海岸不受入侵所采取的一项必要措施。

并认识到立法机构在很大程度上不应被压制的时代。问题在于谁来决定好的社会和经济政策是怎样的？不是最高法院，而是立法机构。卡罗琳产品公司案就是这样一个案例——一个典型的经济监管案例，而最高法院表示国会的做法没有问题。然后斯通补充了一个限定条件：有时我们可能必须对国会的所作所为有更多怀疑。

罗：这是最高法院在新政时期的说法，但你针对医保案商业条款的异议指出，或许最高法院的一些成员正试图在经济上重启司法能动主义的斗争。在医保案中，你说企图废除根据商业条款而来的《平价医疗法案》中的个人强制令，已使得洛克纳诉纽约州案重演，这起出自进步主义时期的臭名昭著的案件废除了面包师的最长工时法。你担心经济上的司法能动主义会沿着这些路线死灰复燃吗？

金：在我看来，《平价医疗法案》只是对始于30年代的社会保障的一种完善。《社会保障法》得到了最高法院的支持，自此以后，很多人都认为最高法院已承认经济和社会政策并不属于它的领域，所以如果立法机构想要通过一部最低工资法、一部最高工时法，那这就是立法机构的特权。世界上大多数国家、大多数工业化国家都有全民医保，他们在我们之前很早就建立了社会保障。所以我认为医保法案只是弥补了这个缺陷、这张安全网——当人们年老或者伴侣去世之时，他们能获得社会保障，而医保应该是这种认识的一部分，那就是政府确实有义务满足人民的基本需求。

不过我理解其中的阻力。《社会保障法》——我是说FICA,《联邦保险税法》*,它是作为一种需要付出才能享有的权利推广给公众的。只要工作,你就要交这项保险费,但你交的根本不是保险费,你交的是不折不扣的税。这就是社保。我们交了这种税,那些无法再工作的人就能得到照顾。我认为一旦《社会保障法》为人所接受,就不会再有商业条款延伸到医保之中的问题了。

医保的真相被人描绘成了牺牲年轻人和健康的人,让他们为年老体弱者买单。但如果你考虑到一个人的时间跨度——今天你还很年轻健康,在不那么遥远的将来,你会进入中年,然后步入老年,而那时会有年轻人为你买单。所以如果你从整体的人生跨度来看,没错,你年轻时交了这种税,而国家正在提供你并不需要的服务,但从长远来看,情况是会趋于平衡的。

罗:当然,它是不是一种税的问题已经被证明是个核心问题,在辩论中也出了一些这方面的笑话。所有民主党人都站出来说,"这不是税";共和党人说,"它就是税"。结果墨迹一干,他们的立场就转换了,所有民主党人都说:"这绝对是税,所以是符合宪法的。"共和党人则说:"这不

---

* 美国的《联邦保险税法》(FICA)规定了一项税收,该税收从工资收入中扣除,用于联邦的社会保障和医疗保障支出,也就是说FICA为《社会保障法》提供了资金支持,因此金斯伯格在这里首先提到了《社会保障法》。——编注

是税，所以这种征税权不正当。"

金：但这是——这确实反映了当时对社保的争论。社保是一种税，它不是保险费，但它不是被当成税来推广的。甚至我们的总统在推广医保的时候也说这不是税。这就是一种罚款。

罗：罚款，是的。但总统怎么说重要吗？我是说，事实证明这个话不是决定性的。

金：我的意思是总统想让医保法案在国会获得通过，而当时有一种很强势的观点——不再征税，我们不会再征任何税，所以才称之为罚款。

罗：对首席大法官支持将其视为一种税的裁决，你怎么看？

金：哦，我觉得有趣的是，他认为商业条款应该受到限制，但税务条款却可以扩展。国会可以随心所欲地征税，它不受约束——怎么会有人认为医保不涉及商业呢？想想现在对医保法案的批评吧。有人说，在某些方面这就是对小企业的毁灭性打击。小企业就是商业，对吧？很难理解削减商业条款的适用范围（这个决定）是怎么推出来的。我认为它不具有持久力。

罗：你的意思是？它会被推翻？

金：是的。我们会回到30年代末以来的状态，那时经济和社会方面的立法被视为国会的固有领域，而且尽管你可能会专注于你所在的特定州，但在这个高度工业化的世界里，有很多事情是各州做不到的，必须有一个全国性的解决方案。

罗：这种全国性解决方案的观点再一次表明你是一个真正的原旨主义者，因为你曾说宪法制定者们都很关注《邦联条例》*中的集体行动问题，并且希望授权国会在各州无力协调其行动时采取行动。所以你确实相信对商业条款的解释最终会被推翻。你是否担心短期内这有可能会导致其他的经济立法、环境法、健康与安全法等等失去效力？

金：我相信不会产生这样的后果。除了这次的医保案裁决之外，其他先例都是另一回事。

罗：接下来我想问问婚姻平等权方面的案件，比如《婚姻保护法》案（美国诉温莎案）和霍林斯沃思诉佩里案。在《婚姻保护法》案中，你认为上诉人有诉讼资格，而霍林斯沃思诉佩里案中上诉人就没有诉讼资格。这两起案件有什么不同？

金：这两起案件最初都有诉讼资格。在《婚姻保护法》案中——我想你知道最高法院裁决该案时的背景；这是两个住在一起的恋人，其中一人已濒临死亡，她们希望得到政府对其婚姻的官方承认，于是就去加拿大结了婚，然后回到纽约州，纽约州如今承认同性婚姻，当时则承认加拿大的婚姻。结果其中一人去世后，另一人就收到了政府开

---

* 《邦联条例》是美国第一部宪法，它起了使独立战争时期由大陆会议建立的最初的政府向1787年《美国宪法》建立的联邦政府过渡的作用。

出的一份大约36万美元的遗产税账单。如果她的婚姻关系得到承认，她本来是不用付这份账单的，她可以获得婚姻扣减。这就是《婚姻保护法》案。政府最初也像往常一样为这一法律辩护，但在初审法院开庭审理后，政府决定支持原告，这一法律确实违宪了。*

因此，有人可能会认为这起案件已经没有讨论的意义了，但政府虽考虑到宪法的要求改变了立场，但它并没有给那位遗孀退税。所以只要政府还留着这笔钱，案件或争议就会一直持续下去。正是基于这个基础，最高法院说，是的，我们可以审理此案。这仍然是一起悬而未决的案件或争议，她并没有拿到退税。你可能很关心最高法院到底有没有掌握双方的最佳论点呢？嗯，这是当然。我想我们在受理《婚姻保护法》案期间收到了上百份法庭之友†的简报。我们非常了解大家对此案的看法。所以该案中还有很多对立的陈述，这场争论还没有结束。

罗：我当时就在审理《婚姻保护法》案的法庭上，我还记得卡根大法官宣读众议院报告的那个非凡时刻，报告

---

* 金斯伯格说该案中政府后来决定支持原告，指的是当时的奥巴马政府和美国司法部部长的立场，众议院两党法律顾问小组（BLAG）接棒代表联邦政府出庭继续为《婚姻保护法》辩护，因此该案并未因为联邦政府的立场变化及内部存在的不同意见而撤销，也才有后来BLAG的抗辩和最高法院的判决。——编注

† 法庭之友指的是一类与案件没有直接利益关系的私人或团体，他们为了说明案件争议，澄清立法意旨，理清法律规定，告知案件事实而主动向法院提出书面报告，以协助法院作出裁决。

中说："国会决定反映和尊重集体的道德判断，并且在道德上表达对同性恋的反对。"当她读到这里时，法庭上响起了一阵喘息声。这个案子是不是在那一刻就结束了？因为最高法院曾表示，即使在宽松的监督之下，道德上的反对也并非法律的合法性基础。

金：如你所知，有些人说我们应该关注国会通过的法律文本，而根本不应该去关注所谓的立法史，也就是他们在国会里说了什么，以及他们在委员会报告里说了什么。所以这类让人震惊的声明只是表达了一种道德上的反对，这对不关注立法史的人不会产生任何影响。

罗：不喜欢立法史的"有些人"里肯定包括斯卡利亚大法官。你曾指责斯卡利亚大法官，因为他在《婚姻保护法》案中反对司法能动主义，而在《投票权法案》案（谢尔比县案）中却毫不为难地推翻了国会通过的一项法案。

金：是的，他甚至毫不理会有大量的立法史表明了对《投票权法案》的持续需求。

罗：所以这或许就是对这两起案件有什么不同的回答？在《婚姻保护法》案中，你投票废止了国会的一项法案，而你早期曾将此举定义为司法能动主义。为什么可以废止《婚姻保护法》，却不能废止《投票权法案》？

金：因为国会以《婚姻保护法》侵犯了平等和自由。我认为这可以归入斯通大法官所说的第一类情况。最高法院必须谨慎地确保国会没有践踏我们最基本的人类价值观。

最高法院并不是第一次遇到《婚姻保护法》这样的问题。曾几何时，很多州还将双方自愿的男同性恋性行为定为一项罪行。最高法院最早还在鲍尔斯诉哈德威克案中说这没有问题——从道德上反对这种活动没有问题。然后最高法院在劳伦斯诉得克萨斯州案中又转而表示，对于那些没有伤害任何人的人，州政府无权干涉他们的生活。然后就是科罗拉多州条例案。所以最高法院已经……《婚姻保护法》案所传达的主旋律已经产生了回响。

罗：当然，还有弗吉尼亚军事学校案，你的意见写得很有说服力，也就是为了传统本身而保留传统并不是一个合理的目的。这在某种程度上消解了人们反对同性婚姻的理由，可能会让挑战者们的官司打得更加容易。

你说过一段众所周知而且令人信服的话，指出最高法院在罗伊诉韦德案中有些矫枉过正，如果只是推翻该案中有争议的得克萨斯州的法律，而不是为全国解决堕胎问题，那么这或许最终就能避免有损于堕胎权的反弹。婚姻平等和堕胎之间有什么区别？为什么最高法院在这起案件中没有像在罗伊诉韦德案中那样领先于公共舆论？

金：最高法院是一个回应性的机构，你要对那些提交给最高法院的争议作出回应。《婚姻保护法》案是一对夫妇声称她们的婚姻和其他任何人的一样，有权得到政府的承认。所以审理这起案件的唯一方式就是：《婚姻保护法》会使这些人被联邦政府视为未婚，因此违宪。

十　谨慎行动

在担任法官的大部分时期里,鲁斯·巴德·金斯伯格都是以法官中的法官而闻名,她是一名司法最低限度主义者,相信社会变革都是自下而上地缓慢发起,受到政治行动主义*的激发,进而获得国会和州立法机构的认可,此后才能交由法院推进。要理解金斯伯格对司法职能的克制性观点,最好的办法是读一读她被任命为最高法院大法官前后就这一主题发表的诸多文章和演讲。

1992年,她在纽约大学发表的麦迪逊演讲曾因批评罗伊诉韦德案而备受关注。纵观美国历史,法院一直面对着

---

*　政治行动主义主张采取有组织的行动,以改善政治和社会状况。其形式包括给媒体写信,向官员请愿,参与政治运动,赞助或抵制某些机构,以及集会、游行、罢工、静坐等示威活动。

社会变革的诉求,而这一演讲在捍卫金斯伯格所说的法院的"谨慎行动"方面也具有重要意义。"大法官们通常会跟随而不是引领社会上正在发生的变革,"金斯伯格写道,"最高法院不会迈开大步,去冒无法遏制的强烈反弹的风险,但会通过宪法司法化巩固社会变革,或为其点亮绿灯。"她谈到了自己在20世纪70年代曾参与辩论的性别歧视案件,在那些案件中,她都是恳请最高法院助推已经显而易见的社会变革,而不是去引领这种变革:"在1970年后的大多数性别分类案件中,与罗伊案不同,最高法院……都是通过一种不会过度或造成分裂的标志性温和裁决来认可变革的方向。而另一方面,罗伊案则阻碍了朝着变革方向前进的政治进程,因此我相信,该案延长了这种分歧,推迟了问题的稳固解决。"[1]

但金斯伯格也认识到,有时最高法院必须走在各个政治分支之前。在性别歧视案中,女性的自我意识一旦被唤醒,她们就能给自己的丈夫和儿子启蒙,让他们认识到性别平等的必要性。相比之下,在种族歧视的案件中,"当黑人被法律限制在一个隔离的领域中时,就不可能像这样教育占多数的白人"。[2] 由于州立法机构在南方废除种族隔离政策的可能性微乎其微,最高法院不得不在布朗诉教育委员会案中挺身而出。不过金斯伯格强调:"这并不完全是一个大胆的裁决",原因有二。首先,瑟古德·马歇尔和反种族不公运动中的同侪们都细致地为这一里程碑式的裁决铺设了垫脚石。其次，最高法院没有对种族隔离的所有表现形式发动"猛烈攻击"，而是"专注于种族隔离的学校；并将其后续留待他日，让未来的案件去解决"。直至民权运动在20世纪60年代兴起（"布朗案助推了这场运动"），又在1964年《民权法案》出台时达到巅峰，最高法院才最终做好"彻底否决种族隔离之立法"的准备。金斯伯格指出，在最高法院于1967年的洛文诉弗吉尼亚州案*中推翻州政府颁布的跨种族婚姻禁令之时，最高法院的"裁决实际上就终结了对于种族的分类和'隔离但平等'的教条"。[3]

金斯伯格在进入上诉法院后不久就阐述了她对于法院和社会变革之间关系的克制性观点。在写于1981年的《引入司法能动主义：一种"自由"还是"保守"的技术？》一文中，她支持"法院应采取有原则且适度克制的做法"，亦即"在国会的集体行动能够给个体起诉人提供可观的救济时，就不应受某位立法者之邀去干涉这一平等分支的事务"。[4] 她评论了1971年的一份在当时几乎无人问津的备忘录，未来的最高法院大法官刘易斯·富兰克林·鲍威尔†

---

* 洛文诉弗吉尼亚州案，弗吉尼亚州的一名黑人女性和一名白人男性在哥伦比亚特区结婚后回到了弗吉尼亚州，两人随即就被指控违反了该州的反种族通婚法令，并被判有罪。最高法院接到上诉后作出了一致裁决，认定该法令违反了第十四修正案，首席大法官厄尔·沃伦在裁决意见中写道："根据我们的宪法，与其他种族的人结婚或不结婚的自由属于个人，国家无权干涉。"

† 刘易斯·富兰克林·鲍威尔，美国联邦最高法院大法官（1972—1987）。他在民权、反歧视行动和政教分离等问题上都持温和自由派立场，在司法上则采取保守立场。

在其中告诉美国商会:"司法系统有可能是推动社会、经济和政治变革的最重要的工具。"如金斯伯格所说,鲍威尔"建议商界采用能动主义自由派的那种'精明'方式——'利用司法诉讼'"。[5]金斯伯格观察到,在鲍威尔的备忘录发表后的几年里,"代表'保守派'或商业利益"的公益法律基金会就纷纷建立,包括山区各州法律基金会和太平洋法律基金会"都成为频频现身于法庭的挑战者,而其对立方则往往是消费者和环保组织"。[6]今天,对自由主义保守派所称的"司法参与"的最公开的呼声都来自那些亲企业的辩护团体所提交的诉状,而这些团体都得到了美国商会诉讼集团的支持,后者在2008年提交了诉状的15起案件中赢得了13起,是其30年历史上的最高胜率。[7]在其中一起案件中,金斯伯格提出了唯一的异议。[8]但其他的亲企业案件几乎都得到了一致裁决,例如2010年的斯基林诉美国案,金斯伯格代表最高法院撰写意见,撤销了对安然公司前总裁杰弗里·斯基林虚报公司价值以合谋欺诈安然股东的定罪,理由是其行为不涉及贿赂或回扣。*

当前最高法院中最为重大的争议之一就是,当国会将管制经济的权力下放给美国国家环境保护局或美国食品和药物管理局等行政实体时,宪法对这种下放施加了怎样的限制。最高法院在联合公民案中不顾金斯伯格大法官的异

---

* 斯基林的违法行为不涉及收受贿赂和回扣,所以不适用于违背诚实服务义务的欺诈罪。

议，裁定法人团体和自然人一样享有第一修正案所保障的权利。现在有些对联邦法规持怀疑态度的自由意志主义者和保守主义者也正在敦促最高法院推翻1984年的谢弗林诉自然资源保护协会案*的裁决，该案裁定法官须听从负责执行联邦法律的机构对那些模棱两可的联邦法律的解释，除非这些解释明显不合理。根据谢弗林案的裁决，法院一般必须支持卫生和安全法规，除非它们明显与国会的意图相冲突。

尼尔·戈萨奇大法官如今已成为谢弗林案最知名的司法批评者，其理由是该案准许"行政官僚机构吞并大量的核心司法权和立法权"[9]，从而违反了三权分立的原则。戈萨奇和其他大法官正在鼓动各法院对联邦法规施加更严密的审查，正如金斯伯格在1981年所警告的那样，这种方式有可能会鼓励法院而不是国会来监督行政机构。[10] 这种对司法克制的呼吁符合她的原则信念，即社会变革应该出自立法机构，而不是法院，这一信念导致她在1994至2001年间支持废止的联邦、州和地方法律比其他任何一位大法官都要少。[11]

★★★

罗：当你想到自己获得的宪法遗产时，你的榜样是谁？

---

* 下文中亦称"谢弗林案"。——编注

金：我不止一个榜样，有好几个。伟大的首席大法官约翰·马歇尔*当然要位列其中，是他一手缔造了最高法院如今的模样。你应该还记得约翰·杰伊†当选纽约州州长时的情况吧，他觉得那份工作比首席大法官更好。乔治·华盛顿想让杰伊回来继续做首席大法官，杰伊不愿意，他说最高法院永远成不了大器，是马歇尔让最高法院成了政府中独立的第三分支，所以他无疑是一位英雄。另一位大法官——本杰明·柯蒂斯‡的任职时间不长，我想应该是6年，他在斯科特诉桑福德案的判决中写下了一份高质量的异议。此后就是在普莱西诉弗格森案中提出异议的大法官约翰·马歇尔·哈伦一世§。再往下无疑就是布兰代斯和霍姆斯以及他们提出的各项重大异议，这些异议主要集中在言论自由领域，但也有一些是在说明社会和经济立法大多应留待立法者去解决，而不应由最高法院来作出事后评判。接下来当然就是瑟古德·马歇尔。

罗：在思考宪法和涉及公民自由的变革时，最高法院

---

* 约翰·马歇尔，美国政治家、法学家，第四任美国首席大法官。他曾对著名的马伯里诉麦迪逊案作出裁决，奠定了美国法院对美国国会的立法行使司法审查权的基础。

† 约翰·杰伊，美国政治家、革命家、外交家和法学家，《联邦党人文集》撰写人之一，曾任美国首席大法官（1789—1795）。

‡ 本杰明·柯蒂斯，美国律师，最高法院大法官（1851—1857），是最高法院在斯科特诉桑福德案中的两名异议者之一。

§ 约翰·马歇尔·哈伦一世，最高法院大法官（1877—1911），最高法院历史上最为知名的异议者之一，亦是约翰·马歇尔·哈伦二世的祖父。——编注

是如何以及为何会改变其想法的？

金：社会在变化。如果不是这样的话，我们就不可能在20世纪70年代的案件中胜诉。女人们当时已经遍布各行各业，各扇大门都向她们敞开了，很少有什么职业不接纳女性。越来越多的女人出门工作，这也鼓励了年轻女性，让她们相信，嗯，这就是我想要的，我可以做到。一位伟大的法学家曾说过，最高法院永远都不应受当天天气的影响，但它不可避免地会受到时代风气的影响。一个经典的案例就是布朗诉教育委员会案。那之前不久，我们还打了一场反对种族主义的战争，反对纳粹对犹太人的迫害、折磨和杀戮。然而在二战中，我们自己的军队却按种族实行了隔离。有人认为这是个很严重的错误。我们宣称种族主义是可憎的，但我们自己就在付诸实行。所以我认为那时人们的态度转变了，他们意识到维持种族壁垒是多么大的错误——就是那个的时代风气，也是这种风气推动了布朗诉教育委员会案。

罗：大法官们怎么知道什么时候社会变革代表的是时代的风气，而不是当天的天气？

金：它就在我们周围，我们的邻居在做什么，我们的孩子在做什么，媒体在报道什么。它是回避不了的。回溯布朗案，美国政府的忧虑肯定也是促成这一局面的因素之一。当时我们正处在和苏联的冷战之中，国务院在布朗诉教育委员会案中提交了一份简报，力劝最高法院终结美国根深蒂固的种族隔离政策。其中说道：苏联一直在指责美国是种族主义社会，这让我们很难堪。最高法院，请务必帮我们结束这个时代吧。

罗：不过大法官们的动作有时也太过迅速。你曾指出罗伊诉韦德案的裁决过于宽泛，社会变革正在逐步展开的过程中，如果最高法院的动作幅度小一点，那么生育权本来是有可能获得政治保障的。

金：是的。

罗：最高法院什么时候应该干预，什么时候应该收手，这个主题在未成年人和智障者的死刑案中也有所体现。你们是不是应该计算一下有多少个州在拥护某种做法，如果超过一半的州已经实行了，那就予以批准？

金：最高法院从来不会这么做。关于死刑，有一段时期——两个案子中间隔了有多少年来着，弗曼诉佐治亚州案和格雷格诉佐治亚州案[前者裁定州一级的死刑法无效，后者则为恢复这类法律提供了指导方针]？

罗：1972年到1976年。时间不长，几年而已。

金：最高法院当时已经废除了死刑，因为我们认识到死刑的执行很难做到公平，没有考虑减刑情节的情况，也没有标准来决定谁死谁活。有几年，我们国家没有执行死刑。然后各州开始修改他们的法律来设定标准。被判死刑的都不是普通的杀人犯，这种案子必须是令人发指的、残忍的、凶狠的谋杀案，最坏的人当中最坏的人才符合这一类别。

然后各州回到最高法院催促：我们现在有标准了，让我们自己决定要不要死刑吧。最高法院看了看标准,回复说:"行,你们可以自己决定了。"如果最高法院没有像1976年那样作出裁决，我们今天很可能不会有死刑，甚至不会有什么争议。

罗：反弹的危险是你关注的主题之一。这种反弹的危险确实存在，但我教宪法的时候总是一开始就告诉学生："不要把这全都想象成政治。如果你一下子就得出这个结论，那你就会错过宪法中所有优美的、约束性的和有意义的东西。"但我们还是能看到很多这种情况，你也谈到过阿利托大法官接替奥康纳大法官后的情形，我不得不问：这些备受瞩目的案件都是出于政治斗争吗？共和党对抗民主党？

金：嗯，我想我们所有人都会给出否定的答案，最高法院不是政府的一个政治分支。很多时候，如果我是女酋长，我会投票支持或撰写一份不会成为法律的意见。* 是的，我们对政府的那套基本手法见解不一，但最高法院肯定不存在那种精明的交易：如果你今天投票给我，明天我就投票给你。这从来没有发生过。但我们有些观点确实非常不同。

我们就以第十四修正案的平等保护条款为例吧。今天，平等保护的保障已延伸到了女性身上，但如果你要问这样一个问题——"回到1868年，在第十四修正案成为宪法的

---

* 金斯伯格这里的意思是即便她是首席大法官，其意见也不一定能成为法律（先例）。潜台词是她哪怕成为少数派，也不会跟人做交易。

一部分时，人们有没有设想过女性和男性会成为地位平等的公民？"——答案当然是否定的。但在我看来，平等的理念从一开始就有，只是时过境迁之后才为社会所理解。所以我要说的是：在1868年，女性距离投票权还有很长的路要走，这是事实。但后来第19修正案在1920年正式生效，女性就获得了投票权。接着我们又迎来了20世纪60年代的民权运动，目的是让种族平等的保障真正得以实现——因为从一开始就本应如此。这些事态的发展让我对平等保护条款在今天的意义形成了自己的看法。

罗：作为一名辩护律师，你在这个国家还处于激烈的论战状态之时就缓慢建立起了一种女性平等的共识。你有没有从这种经历中认识到最高法院应该慎重行事，不要向前跨出太远——它或许应该轻推，但通常应该跟随而不是引领？

金：我不知道最高法院真正引领过哪个时代。我们回顾一下布朗诉教育委员会案，该案作出了有可能是20世纪最知名的裁决，而且理据充分；但并不仅仅是瑟古德·马歇尔的有力辩护和他周密的计划逐步促成了布朗案的裁决。这是二战的余波；我们刚刚和可恨的种族主义打了一仗，然而我们自己的军队却因为种族而隔离开来了。

我特别幸运，出生于正确的时代，出现在正确的地方。此前几代女性都说过我们这一代人说过的话，但她们说这些话的时候，没有人，或者说只有极少数人愿意听。

罗：有人钦佩地称你为司法最低限度主义者。你是否认为最高法院应该始终只迈小步，即使在反映社会变革的时候也基本只是轻推或追赶，而不能用力过猛？

金：不，有时最高法院必须更加笃定。比如在布朗诉教育委员会案之后，有人公然拒绝遵守国内的法律。保持坚定立场的不仅仅是最高法院。战壕中的法官、初审法院的法官、上诉法院的法官更是如此，他们坚称这个国家的法律就是不能在学校里执行种族隔离。其中有些法官的生命还处于危险之中，但他们都强制执行了这一裁决。

罗：布朗诉教育委员会案至今仍存在激烈的争论，人们在争论平等保护条款要求的是"色盲"还是肤色意识。布朗案在今天到底意味着什么，对布朗案的核心意义有没有一致的看法？

金：布朗案引发的民权案件在13年后，也就是1967年的洛文诉弗吉尼亚州案中达到了顶峰。洛文夫妇在弗吉尼亚州的乡间长大，那里的人相处非常和睦。种族差异并没有妨碍他们的邻里关系。非洲裔美国人米尔德丽德（杰特）和白人理查德·洛文相遇、相爱，并前往华盛顿特区结婚，因为弗吉尼亚州禁止跨种族婚姻。他们拿着结婚证回到了弗吉尼亚。一天晚上，治安官来到他们家，用手电筒照着他们，命令他们"起床，跟我一起去见法官"。他们指着挂在卧室墙上裱好的结婚证。"这玩意在这儿不顶事。"治安官吠道。法官表示，如果他们同意离开弗吉尼亚州，再也不一起回来，那就不会判他们入狱。民权运动和马丁·路德·金当时在我们这片土地上正如日中天。米尔德丽德·洛文就像萨莉·里德一样，是个普通人，但她认为这个制度这次或许会站在她这边。此案最终在最高法院进行了辩论，并以一项一致裁决告终。洛文诉弗吉尼亚州案终结了美国官方的种族隔离制度。

罗：今天，关于司法能动主义的辩论都集中在这是不是一个亲企业的最高法院上。进步人士都这么说，他们指出美国商会赢得了绝大多数案件，胜率高达81%。根据一些调查，你现在是较少亲企业的大法官之一，站在商会立场投票的次数比其他人要少，比例只有35%。这种指责公平吗？这是个亲企业的最高法院吗？

金：我还以为你会问我怎么能让杰弗里·斯基林在安然事件中逍遥法外呢。在他那起案件中，商会所采取的立场，我们九人都一致同意。国会已经制定了一项法令，规定剥夺他人获得"诚实服务"的权利是一种犯罪行为。"诚实服务"一词太过含糊，无法以此来界定一项刑事罪行。我不认为自己亲企业或反企业，我只是在他们来的时候尽我所能地给他们作出裁决。

罗：还有另一种比喻，那就是有关能动主义和克制的老争议。这方面也有一项统计数据：如果把克制简单地定义为推翻州和联邦法律这样的传统方式，那么现在你就是最克制的大法官。但在1994至2001年间，你是最不可能推翻联邦、州或地方法律的大法官。然后克制突然被重新定义了，如果你不推翻医保、经济改革或竞选筹款改革，你就要被称为能动主义者了，这是不是个奇怪的世界？

金："能动主义者"这个标签是什么意思？今天它的意思难道不是"谁家的公牛被顶伤了"吗？* 在你设定的那种分数排名中，谁投票否决的联邦、州和地方的立法更多？斯卡利亚大法官在这份能动主义法官的名单上应该是名列前茅的，如果你要这么算的话。

罗：如你所说，他是2号，排名第二的能动主义者。我们如今正进行的辩论也曾在进步时代进行过，当时的自由派也说，"这是一个亲企业的最高法院"，而保守派则说，"你们必须推翻那些进步主义的法律，还有新政"。我们会不会——这肯定是个严肃的问题，你尽量回答吧——我们会不会看到新政之争死灰复燃，最高法院会不会通过分裂性的投票，就总统和国会密切关注的问题向他们发起挑战？

金：我认为那个时代早就过去了。即便我的同事们在数十年前可能还有些疑虑，但他们也愿意承认立法机构在社会和经济立法方面所承担的适当角色。所以，不会，我想我们不会再变回20世纪20年代和30年代初的最高法院

---

* "谁家的公牛被顶伤了"（whose ox is being gored），引申为真正的受害者。——编注

了。我还可以有把握地说，不会有另一项法院填塞计划*了。罗斯福对那九个老头儿不断推翻州和联邦的经济及社会立法感到非常恼火，但他又不能解雇大法官，因为我们只要"品行良好"就能保住这个职位——这是宪法规定的。所以他提出动议，每当一位大法官年届七十岁零六个月，他就可以任命一位新大法官。这样他马上就可以任命六个人，而大法官的人数将从九人膨胀到十五人。我认为发生这种情况的风险已经不复存在了。

罗：你如何看待一些大法官对谢弗林原则的怀疑，这是否表明行政国†有可能面临一段艰难的时期？

金：有一名大法官认为谢弗林案判错了，应该把它推翻，这一观点已经被记录在案了。我记得多年前——有趣的是事情总是兜兜转转的——20世纪80年代，一项被称为《邦珀斯修正案》的议案得到了一些人的支持，它以其发起人，阿肯色州参议员戴尔·邦珀斯的名字而得名。这一议案要求最高法院不要顺应行政机构对其执行的法规所作的解读。我不知是怎样的合力阻止了《邦珀斯修正案》的通过。但

---

* 20世纪30年代，美国总统罗斯福为改善经济和民生而实施了一系列新政，包括社会保障法、最低工资法、最高工时法等一系列进步主义法案，但新政频频受到保守派占多数的最高法院的阻挠，其理由是政府不应干预经济运作，于是罗斯福提出了一项法院填塞计划（court-packing plan），即将最高法院的法官人数增至十五人，以扩充自由派席位，不过该计划最终被参议院司法委员会否决。

† 行政国指的是行政机关及其部门行使其权力，创制、裁定和执行自己的法规的现象。——编注

有趣的是,《邦珀斯修正案》是一个民主党人推动的,而现在拥护这一立场的却是另一方。

罗:但公民们是否应该关注这些针对行政国的挑战呢?这当中有什么风险?

金:这就是我们社会的本质。有很多问题必须在联邦层面上解决。行政国不会消失。谢弗林案还没有那么老。说真的,我在特区上诉法院撰写的裁决就抨击过最高法院在宣布谢弗林原则时所支持的法规。

罗:啊!但当时这个原则还没有那种地位,所以你并不知道最高法院会那样裁决。

金:特区上诉法院在此前的裁决中达成了一项妥协方案。环保局可以对空气污染地区提出严格的要求,但对于较洁净的地区就不能实行同样严格的管制。无论如何,在谢弗林案中代表最高法院撰写意见的史蒂文斯大法官也承认我是在遵循巡回上诉法院的先例。早在谢弗林案之前,我们就有行政国了,而且无论谢弗林案的命运如何,行政国都将继续存在。

十一 "我也是"和一个更完美的同盟

和大多数人一样,金斯伯格大法官也没有预见到"我也是"(#MeToo)运动的迅速兴起,这一运动于 2017 年 10 月突然闯入了公众意识之中,当时《纽约时报》的报道称多名女性指控电影制片人哈维·温斯坦在长达 30 年的时间里一直存在性不端行为。女演员艾什莉·贾德是其中最早获得关注的女性之一。在我和金斯伯格的几次谈话中,她都称赞了这场运动,而且认为这场运动具备持久的力量,因为它能帮助男女两性去理解性不端行为如何使得女性处于从属地位。同时她还强调了正当法律程序对原告、被告双方的重要性。

对金斯伯格来说,"我也是"运动就像同性恋权利运动和20世纪70年代的女权主义运动一样，是政治行动主义带来彻底的社会变革的一个范例。她认为法律的变革要跟随社会和政治的变革，而不是相反。例如，1963年的《平等报酬法》和1964年的《民权法案》第七章就反映了后二战时期的社会变革，她写道："在女性就业方面……实现了前所未有的增长"，其原因是"以家庭为中心的必要活动的急剧减少，人口目标的缩减和更有效的节育手段的出现，以及寿命的大幅延长"。[1]就像金斯伯格着重指出的，正是女性进入劳动力市场的庞大人数改变了男女两性的互动方式。她引用社会学家辛西娅·爱泼斯坦[*]的话强调，如果想让男性产生学习平等的需求，那么"女性就要在他们中间大批地涌现，而不是作为一次出现一个的珍奇之物或仅仅扮演从属性或协助性的角色。男性需要有跟这样的女性共事的经验——她们表现出了广泛的个性特征。男性需要成为女性的工作伙伴"。[2]她还指出在20世纪70年代末，劳工统计局的报告曾预计，到1992年，"所有25岁到54岁的女性中将有2/3成为有偿劳动力"（实际上这一比例在2019年也仅为57%）。金斯伯格坚称，在定义"一个社会的本质"——"这一社会是如何有效运作的，人们之间的关系如何，他们有没有孩子，他们是如何抚养孩子的"——时，女性参与劳动力市场比技术和基础设施方面的变革更

---

[*] 辛西娅·富克斯·爱泼斯坦，美国社会学家，纽约城市大学研究生中心社会学荣誉教授，曾任美国社会学协会主席。

为重要。[3]

对金斯伯格来说,"我也是"运动证明了她在20世纪70年代所倡导的女权主义愿景的正确性:拒斥女性和男性各自占据不同领域的传统观念(在这些领域中,女性天生被动,男性则具有侵略性);抨击区别对待男女两性的法律,特别是那些旨在保护"弱势性别"的法律;坚持将女性的特殊福利扩展至男性。

然而在20世纪80年代,金斯伯格对于性别平等的愿景却受到了新一代女权主义法学家的猛烈抨击,他们认为法律应该强调女性与男性的差异,而不是他们的相似之处。新一代女权主义者将金斯伯格称为"男性中心论者"和"民族同化论者",因为她极具挑战性地将负担沉重的男人和女人都划为一类,而且通常都是为男性原告辩护。法学家凯瑟琳·麦金农[*]在1984年如此写道:"相同的标准在实际应用中大多会让男性从女性在历史上拥有的少数几样东西中获益——它们原本只对女性有益处。"[4]

麦金农认为女权主义者不应该寻求法律上的平等,而应该把目标对准"贬低"女性的那种更广泛的社会结构之恶。因此,20世纪80年代的女权主义者试图恢复金斯伯格曾反对过的诸多女性特殊保障,从全面禁止色情到育儿福利应提供给母亲而不是父亲等。针对金斯伯格的辩护律师生涯给女性造成的伤害是否超过了对她们的帮助这一问

---

[*] 凯瑟琳·麦金农,美国激进女权主义法学家、活动家、作家。

题，女权主义者之间展开了一场始料未及的辩论，这让人想起了马尔科姆·艾克斯[*]对瑟古德·马歇尔的抨击——他还不够黑。这也可以解释金斯伯格被提名为最高法院大法官时，女性运动内部存在的一些矛盾情绪。[5]

金斯伯格对这些女权主义批评者的公开回应通常都很谨慎。她认为自己被指为同化论者是"不公平的"，同时还补充道："20世纪70年代的诉讼案有利于动摇此前已广泛被接受的男女两性各属不同领域的概念。"但当她的一些女权主义后继者并不欣赏她的成就时，她还是无法掩饰自己受到的感情伤害。她在1984年的一次演讲中说道："我担心女性成功者所受到的威胁并不仅仅来自缺乏安全感的男性，他们的不安全感导致他们害怕那些在男人说话时没有畏缩或假装顺从的女人。"她接着又补充说："我还很担心女人们，其中有些是女权主义者，她们似乎也加入了攻击自己姐妹的行列。"[6]金斯伯格反对给女性提供"特殊优待"（比如给有小孩的女人提供兼职法官职位），却赞成由私人雇主和联邦政府出资为两性提供日托中心。

如金斯伯格所指出的，在女性的特殊待遇和平等待遇的辩论中，最具讽刺意味的就是新兴的法律界女权主义者的"隔离模式论"看起来非常像是"旧的类型学，即按照情感和关系来定义女性，按照理性和荣誉来定义男性"。

---

[*] 马尔科姆·艾克斯，美国黑人民权运动最具争议的领袖之一。批评者认为他煽动暴力、仇恨、黑人优越主义、种族主义、反犹太主义，支持者则视他为非洲裔美国人的权利捍卫者。

直到20世纪70年代,这种差异类型学还被用来证明女性在法律上的从属地位是合理的。正如金斯伯格所言,大多数明确区分男女两性的法律都只是在表面上保护女性,或"善意地优待"她们。有些法律规定了女性可以工作的最大小时数,却没有对男性作出类似规定;有些法律禁止女性从事酒保等"危险"职业;有些法律甚至只要求男性担任陪审员——这些法律都使用了"隔离但平等"的修辞来掩盖其中女性无法照顾好自己的假设。

"我很担忧,或者说,我怀疑对于女性或男性风格的泛泛之论,"金斯伯格在20世纪80年代一再重申,"我的生活经验表明,它们无法可靠地指引我作出有关特定个人的裁决。"她引用了社会学家辛西娅·爱泼斯坦的观点,提出"人类对于家庭、孩子和他人福利的照顾和关心,不应该全都被视为'女人的工作',而应该成为所有人的工作"。[7]

金斯伯格极有先见之明地认识到,即便有形式上的平等机会,女性也可能会受到她早在20世纪70年代所说的"无意识偏见"的阻挠。在1978年的一篇论述那种貌似善意的性别分类的文章里,她提到了一个案例:纽约电话公司的白人男经理们总是晋升白人男性,依据是一个他们称之为"个人总体概念"的标准。[8]在1999年的一次演讲中,她带着赞许之情提到了1997年的马沙尔诉北莱茵-威斯特法伦州案,欧洲法院对该案所作的裁决支持了德国的一项法律，这一法律将性别定为公务员晋升中的决定性因素*，这有利于女性，尽管有这个决定性因素，该法律也允许晋升男性，只要该男性能凭借特殊因素而让天平倾向他那一方。金斯伯格将这一裁决与刘易斯·鲍威尔大法官在巴基案†中的意见作了比较，后者在该案中支持了哈佛学院的平权行动计划，这一计划将种族作为一个加分因素，但不是决定性因素。金斯伯格在这一比较中强调了根除无意识偏见的重要性，她写道："马沙尔诉北莱茵-威斯特法伦州案的裁决最值得注意的地方可能就是它对偶尔的无意识偏见体察入微。"她指出，传统的男性雇主可能会不恰当地担心女性会因为刻板印象化的家庭责任而在工作中分心。"一种偏向女性的决定性因素不过是确保了对非歧视原则的切实遵守。如果没有政府的这种积极行动，无意识或半有意的歧视可能还会不受遏制地继续下去。"[9]

20世纪70年代末，当金斯伯格的辩护律师生涯结束之时，她所忧虑的最重大的未竟事务就是最高法院仍然拒绝接受宪法禁止基于性别的无意识偏见的理念。1979年，

---

* 此处指在水平相当的人选中晋升女性。
† 巴基案，即加州大学董事会诉巴基案。加州大学戴维斯分校医学院的一项平权行动计划规定，要在每100名新生中为合格的少数族裔预留16个名额，以纠正长期以来将少数族裔排除在医疗行业之外的不公做法。35岁的白人男子艾伦·巴基的考试成绩超过了该院录取的少数族裔学生却未被录取，于是他提起诉讼，声称自己是因为种族原因而遭拒。该案后上诉至最高法院，鲍威尔大法官投出决定性的一票，要求该医学院必须录取巴基。鲍威尔认为，严格使用种族配额违反了第十四修正案的平等保护条款，但将种族作为录取标准之一是合宪的。

在马萨诸塞州人事管理机构诉菲尼案*中，最高法院维持了退伍军人申请公务员工作的终身优先待遇，金斯伯格称这是一个"重大损失"。鉴于当时几乎所有的退伍军人都是男性，金斯伯格在这一裁决公布后不久就指出："极端的偏向性无疑对女性的就业机会产生了毁灭性的影响。"尽管如此，最高法院还是认为宪法禁止的只是基于性别的故意歧视，而并未禁止因受到无意识偏见的感染而对女性产生不利影响的歧视。金斯伯格扼腕道："菲尼案表明，如果一种分类在形式上是中性的，而且是出于一种值得称赞的目的而制定的，那么最高法院就会允许这项措施得以原封不动地施行，尽管它对某个性别的不利影响是如此恶劣而又不可避免。"[10]

因此，对金斯伯格来说，女性利用社交媒体和其他平台要求在工作场所获得与男同事同等的尊重的这场"我也是"运动恰好证明了她的愿景，即女性应该大批地去参加工作，同时拒绝忍受各种有意无意的不平等待遇，以此来为自身赋权。金斯伯格认为，人们理应从根除将女性置于从属地位的无意识偏见的角度解读宪法。但就像她几十年

---

* 马萨诸塞州人事管理机构诉菲尼案（下文中亦称"菲尼案"），马萨诸塞州的一项法律规定州公务员职位应优先雇用退伍军人。菲尼是一名在公务员考试中得分较高的女性，而其排名却低于得分较低的男性退伍军人。于是她提起诉讼，声称这一法律违反了第十四修正案。该案后上诉至最高法院，最高法院认为尽管受益于该法律的女性很少，但这是基于"合法且有价值之目的"，而不是基于性别歧视，非退伍军人同样处于不利地位，因而作出了对菲尼不利的判决。

前认识到的那样，真正的平等需要男女两性一起努力根除家庭和工作场所中的无意识偏见。她在1984年曾说："我对儿孙辈的愿望就是男人和女人联合起来，打造新型的、共享的事业和育儿模式，并力争创造一个能够促进这些模式的社会。"[11]

★★★

罗：你对"我也是"运动有什么看法，它能在女性平等方面取得持久的进步吗？

金：对女性的性骚扰一直存在，但直到一个名叫凯瑟琳·麦金农的女人写了一本名为《对职业女性的性骚扰》的书，这件事才上了头条，此后就开始了各种根据《民权法案》第七章提起的诉讼。在少数提交到最高法院的案件中，女性都占了上风。但尽管如此，女人们还是犹豫不决。

犹豫不决的一个主要原因是女人们担心自己无法取信于人。在"我也是"运动的鼓舞下站出来的女性人数是让人震惊的。我希望这场运动不会仅仅止步于此，应该让那些在酒店当服务生的女性也能像好莱坞明星一样从中受益。

罗：很多女人都想知道这对女性来说会不会是一种持续的进步，或者就像90年代有关性骚扰的讨论一样，这种进步也只是一时的？

金：我认为这个运动是有持久力的，因为人们，不仅仅是女人——男人和女人一样——都已经意识到这种行为有多么恶劣，以及它是如何将女性置于从属地位的。所以我们可以拭目以待，但我预计它会被普遍接受。

罗：为什么现在会出现这种情况？是千禧一代做了什么引发了"我也是"运动，还是有其他原因？

金：我觉得我们可以把这一运动和同性恋权利运动比较一下，当时人们曾站出来说："这就是我，我为此感到自豪。"他们成群结队地走出来，并不躲藏和掩饰。这场运动发展得非常迅速，我认为我们在性骚扰方面也看到了同样的情况。

罗：你预见到这场运动将会到来了吗？

金：没有。为什么它恰好在此时发生？我在很多年前就听一些女人讲过哈维·温斯坦的轶事。然后在一个晴朗的日子里，《纽约时报》决定发布一篇有关这件事的大新闻。我认为是媒体终于报道了一些他们很久以前就知道的事情，从而把"我也是"推上了它现在所处的公共舞台。

罗：应该如何保持这场运动的势头并使其变革能够持续下去？你在这方面给女同胞们的建议是什么？

金：我从律师那里听说过，尽管早已过了诉讼时效，但很多女人还是挺身而出，公布了多年前发生的事。这些案子尚待解决。一个有意思的问题是，我们会不会看到保密誓约的终结。有些厉声痛斥并提起诉讼的女人收到了和解协议，按照这些协议，她们要同意永远不披露自己所控诉的内情。我希望这些协议不会被法院强制执行。

罗：要让这些变革永久化，需要在法律上作哪些改进？

金：我们已经进行了法律上的改革，已经进行很长时间了。《民权法案》第七章早已指出性骚扰和性别歧视无关。所有人都知道男人总归是男人，事情就是这样。州和联邦的法律都禁止性骚扰。法律就在那里，法律已经到位了，只需要人们挺身而出去运用它们。

罗：你曾经讲过你自己的"我也是"故事，那是很久以前在康奈尔大学的一次遭遇。

金：我在康奈尔大学上过一门化学课。我在实验室不是很熟练，所以有个助教决定帮我。他提出在实际考试前一天给我安排一次模拟考。第二天，我拿起实际的试卷，结果发现这份卷子和模拟试卷一模一样。我马上就知道这个助教想得到什么回报了。所以我非但没有害羞，反而当面去质问他："你怎么敢这么做？"这是我这一代的每个女人都能讲的众多故事之一。

罗：在类似的情况下，你会建议女人们说些什么？她们是不是也应该这么强悍？

金：是的，就说："这是不良行为。你不该这么做，我也不会容忍。"我认为这在今天会比较容易，因为有很多人都支持说这番话的女性。我们不再像过去那样经常听到"她在胡编乱造"。

罗：在这一规范下，人们都在努力做到举止得体，都想弄清楚新的行为标准是什么，你对这一新规范下的男人有什么建议？

金：就想想你希望自家的女人们受到怎样的对待，尤其是你的女儿。当你看到其他男人做出不当行为时，你应该告诉他们这是不恰当的。

罗：男人能变得更开明吗？

金：嗯，我想你自己可以回答这个问题。

罗：你比我聪明。这是个非常重要的问题。

金：你可以看看 70 年代发生过什么。在那之前，最高法院从不认为基于性别的分类不妥或违宪。

罗：男女两性都在进行一场有关哪种行为应该受到制裁的辩论，有些人认为把哈维·温斯坦这样的暴力行为和形式不那么惹眼的性不端行为混为一谈是错误的，另一些人则认为所有不端行为都是错误的，都应该受到制裁。

金：嗯，这些行为的程度不一，没错。但任何时候，当一个女人被置于一种让她感到低人一等的从属境地时，就应该——她就应该控诉，而不应该害怕。

罗：针对被告的正当法律程序呢？

金：嗯，这一点也绝不能忽视，而且这种行为超出了性骚扰的范畴。被指控的人有权为她或他自己辩护，我们当然不该忽视这一点，同时我们也要认识到这些怨言是应该听取的。有人批评一些大学的行为准则没有给被告一个公平的发表意见的机会。如你所知，这就是我们制度的基本原则之一：每个人都应该得到公平的发表意见的机会。

罗：这些对大学行为准则的批评有没有合理性？

金：你是问我的想法吗？有。

罗：怎样在正当法律程序的价值和日益增进的性别平等需求之间取得平衡？我觉得大家都很想知道你的看法。

金：这不是个非此即彼的问题。两者都是需要的。在我们的司法体系中，被指控的人有权享有正当法律程序。所以我们必须把我们通常都会应用的程序也同样应用到这一领域。

罗：有些女性也害怕会造成反弹。她们担心女人在工作中获得指导的机会有可能会减少，因为男人会害怕和她们互动。这种担忧有没有合理性？

金：嗯，我问问你吧：作为一个男人，你觉得你会因为"我也是"运动而犹豫要不要去鼓励女人吗？

罗：刚好相反，和很多男人一样，我在听到这些故事后也敏感地意识到了女性的困境，而且这看起来就是一件有益无害的事。

金：对。

罗：你曾经说过法院是社会变革中最不重要的一部分。排在第一位的是政治行动主义和公共教育，其次是立法，然后才是法院。那么向前展望10到20年，"我也是"运动的势头会如何反映于立法和司法裁决之中？

金：就像我说的，我认为法律就在那里，人们会越来越多地去运用它,但权利必须始于那些想享有权利的人。法院是一个被动的机构。第五巡回上诉法院有一位优秀的联邦法官,欧文·戈德堡法官,他曾经说过:"法院不会制造火灾,但他们会尽最大努力去灭火。"

罗:1986年,你在一篇文章中说:"我的平权行动计划主要有三根支柱。首先,它将为女性增进平等的教育机会和有效的职业培训。其次,我的计划会鼓舞和激励男女两性更平等地分享将孩子从婴儿期抚养至成年期的乐趣、责任、忧虑、烦恼,乃至偶尔的单调乏味。最后,这一计划将使家长从孩子的婴儿期开始就能享受到高质量的日托服务。"[12]我们在实现这些目标的道路上走了多远?

金:我们已经走了相当长的一段路。我在有生之年看到的变化是无与伦比的。当然,我们还没有到达极乐世界,但我们取得的进步让我对未来充满希望。顺便一提,我说过我的平权行动计划也是为幼儿园和小学的男教师制定的。我想孩子们如果能看到男人像女人一样担当起照料他人的角色,那对他们来说就再好不过了。

罗:《纽约时报》最近有篇文章说那些对玩具不带性别刻板印象的孩子更有可能认为女孩应该玩卡车,而男孩应该玩娃娃。打破刻板印象很重要吗?

金:很重要。《女士》杂志曾经为孩子们录制了很多歌曲,其中有一首叫作《威廉的娃娃》。这张专辑名为《自由地成为……你和我》。马洛·托马斯*是这个项目的主要推动者。

罗：你想对下一代女权主义者说些什么？还有哪些目标有待实现？

金：消除无意识偏见。要杜绝这种偏见是非常困难的。关于无意识偏见——嗯，我最喜欢用的例子就是交响乐团。在我成长的年代，或许除了竖琴演奏者之外吧，你在交响乐团里是看不到一个女人的。霍华德·陶布曼是《纽约时报》的知名乐评家，他曾经发誓说无论女人还是男人在弹钢琴或者拉小提琴，他都能在蒙眼的情况下分辨出这两者的差异。有人想出了一个考验他的好主意。他被蒙住了眼睛，然后发生了什么呢？他完全被搞糊涂了。他把一个女性钢琴演奏者认成了男性，然后他大方地承认这是无意识偏见在作祟。所以有人又想出了一个更妙的主意，在试奏者和评委之间挂一道帘子。这个简单的装置几乎在一夜之间就让女性成批地出现在了交响乐团中。

现在，我希望我们在每一个需要奋斗的领域都有一道帘子。无意识偏见一直存在的一个例子是 70 年代末的一起《民权法案》第七章诉讼案。原告是一些在纽约电话公司里没能晋升中层管理职位的女性，她们在所有标准上都表现优异，但在最后阶段却不成比例地被淘汰了。最后一个阶段是什么？就是所谓的"个人总体测试"。"个人总体测试"

---

* 马洛·托马斯，演员、电影制作人、社会活动家，曾获艾美奖。

是由一名高管来面试晋升候选人。为什么女性会不成比例地出局？因为这位高管和那些跟他不同的人打交道时总会感到某种不适。如果他面试的是个男人，好吧，他大概知道"这个人和我很像"，他觉得很自在。但如果是个女人，或者是少数族裔，他就会觉得不舒服。这个人对他来说是个陌生人，然后这就会体现在他对候选人的评价上。

罗：所以解决无意识偏见的办法就是让男人和女人团结起来？

金：嗯，女人越多——这是奥康纳大法官经常说的，我们这个年纪的女人应该走出来好好表现一番，这样才能鼓励其他女人，出来做事的女人越多，我们所有人也会过得越好。

罗：还有什么要做的？你希望菲尼案被推翻，因为该案裁决认为，需要有故意歧视的行为，才符合宪法对歧视的认定，然而你认为根据宪法，无意识偏见也应该是可被起诉的？

金：在菲尼案这类案件中，是的。根据宪法，应该有一项未受到平等待遇的主张。无意识偏见是很难消弭的。交响乐团的盲选试奏是我最喜欢举的无意识偏见范例。

罗：如果无意识偏见能够依据宪法而受到挑战，那么法律还会如何转变？

金：女性会获得更多机会。例如一对一的情况下，一个女人没有获得晋升，那么公司就要为此给出一些和性别无关的理由。菲尼案本来应该是个很简单的案子，因为在马萨诸塞州的制度下，如果你是一名退伍军人，你就会登上名单的榜首。大多数退伍军人得到的优惠政策就是给你加上 15 分。在这种 15 分的加分制下，很多拿到最高分的女性仍然可以获得工作或晋升。但当退伍军人只需及格就能登上榜首时，女性就会被压倒性地排除在外了。

罗：其他的歧视诉讼案的情况如何？无意识的种族偏见也应该是可被起诉的吗？

金：是的，肯定存在无意识的种族偏见。莉莉·莱德贝特的案子也是某种盲区的一个例证。最高法院说她起诉得太晚。如果她很早就提起诉讼的话，固特异公司肯定会说莉莉的低工资和她的女性身份无关——她只是没有男人做得那么好。然而她每年都获得了很好的表现评级。该公司不能再用那种借口为自己辩护了。但她还是输掉了官司，因为最高法院说她起诉得太晚。国会后来纠正了这个错误。

罗：你对那些真正把你视为楷模的新一代女权主义者有什么要说的吗？

金：为你关心的那些事情去工作。我想起了 70 年代。很多年轻女性都曾支持过《平等权利修正案》，我也是这一修正案的拥护者。我这一代和我女儿这一代都在积极推动社会变革，想让男女两性获得平等的公民地位。让我担心的是，我们虽有一个基本的治理工具，但它并没有言明男女间平等的公民地位，而今天的一些年轻女性对此似乎并不关心。她们知道再也没有女性无法进入的领域了，但她们可能会认为自己拥有的权利是理所当然的。

罗：我们在宪法中心有一次非同寻常的经历：我们把自由勋章颁给了刚刚获得诺贝尔和平奖的马拉拉·优素福扎伊*。她是你能想象到的最励志的17岁女孩。她在博客上写作，她批评塔利班剥夺了年轻女性受教育的机会，她在一次暗杀图谋中幸存了下来，她通过倡导教育和自由言论的重要性而鼓舞了全世界。这是值得遵循的模式吗？你会鼓励年轻女性成为律师、活动家、最高法院大法官吗？她们怎样才能产生影响力？

金：办法就是不接受否定的回答。如果你有梦想，你有想追求的东西，而且你愿意为了实现梦想而去做一些必要的工作，那就不要让任何人告诉你，你做不到。今时今日，已经有很多志同道合的人加入了你们的行列，反对不公平的待遇，反对把你们当成不完全的公民来对待。

罗：我想这正是马拉拉的父亲给她的建议，而那种自信，也就是通过教育和努力工作，你可以去做任何事的自信才是成功的关键。你说过你对未来很乐观，因为你对千禧一代抱有希望。

金：是的。

罗：很高兴能听到你这么说。对于年轻人如何才能更

---

* 马拉拉·优素福扎伊，巴基斯坦明戈拉城的一名学生，女权主义者，曾因反对塔利班在巴基斯坦限制女性接受教育而遭到枪击，由此成为国际上争取女性受教育权的象征性人物。

好地推进正义事业，你有什么建议？

金：不要独自去做，要和志同道合的人结成同盟。华盛顿特区的女性大游行给我留下了深刻印象，也让我倍感振奋，现在全国各地都在举行这类大游行。年轻人应该认识到我们国家赖以立基的那些价值观，认识到它们有多么宝贵，如果他们不加入那些奋力维护这些价值观的人群——那么回想一下勒恩德·汉德法官的话吧："如果自由的精神在人们心中消亡，那么也没有任何法院能够让它复生。"不过我已经在孙辈和他们的朋友们身上看到了这种精神，我对刚刚成年的这一代人充满信心。

十二　玛格丽特·阿特伍德*遇见金斯伯格

2018年的夏天，我和妻子劳伦受金斯伯格大法官之邀跟她及她的家人一起去参加周末在纽约州库珀斯敦举办的光玻歌剧节。

那天我们来到了山顶上的一栋殖民时期的宅邸，一名联邦法警把我和劳伦带到房间后，我们就下楼去见了其他客人，其中包括金斯伯格大法官的儿子吉姆·金斯伯格，他经营着一家古典音乐唱片公司，还有他的夫人——女高音歌唱家兼作曲家帕特里斯·迈克尔斯，她刚为吉姆的唱片公司录制了一张专辑——《声名狼藉的RBG之歌》，这

---

* 玛格丽特·阿特伍德，加拿大小说家、诗人、文学评论家、女权主义者，因发表幻想小说《使女的故事》（*The Handmaid's Tale*）而一举成名。

张专辑将金斯伯格的往来信件和意见制作成了震彻心扉的音乐。

金斯伯格大法官身着蓝色套装和披肩走下了正面的大阶梯。她热情地迎接了我们,接着我们就挤进了一辆SUV,一同去听小说家玛格丽特·阿特伍德在光玻歌剧节中的一场演讲,她是《使女的故事》一书的作者。

《使女的故事》发表于1985年,时值里根时代的鼎盛期,这是一部反乌托邦的思想实验作品,讲述的是一个神权制父权政府在不久的将来有可能会如何压迫美国女性。阿特伍德在演讲中说到《使女的故事》最近已被改编成了一部歌剧,而且很快就会在光玻歌剧节上演。她还谈到了自己的书与詹姆斯·费尼莫尔·库珀[*]之间的关联,后者是《最后的莫希干人》一书的作者,他在库珀斯敦的农舍如今就是费尼莫尔美术馆的所在地。在库珀的时代,女人戴博耐特帽[†]是为了避免男性的凝视,而《使女的故事》中的那个宗教原教旨主义政府则是强迫女性戴上博耐特帽,以确保她们屈从于自己的男主人。

在观众问答环节,阿特伍德说到女权运动在20世纪爆发了三次。第一次高潮出现在第十九修正案通过之时,女性从此获得了投票权。第二次女权运动的爆发,亦即20世纪60、70年代的女性运动,在阿特伍德看来实则是对20

---

[*] 詹姆斯·费尼莫尔·库珀,美国作家,著有《皮袜子故事集》等。
[†] 博耐特帽(bonnet)是一种包裹至下巴的旧式女帽。

世纪50年代集中体现的压抑生活的一种回应，当时郊区的女性实际上都是和四个孩子一起被锁在一栋房子里，没有任何就业的可能。而第三次爆发，亦即"我也是"运动，则是对女性在哈维·温斯坦这样的掠食者手中所遭受的性骚扰的强烈反弹。阿特伍德认为正是20世纪60、70年代的女权运动激发出了"里根革命"，从而让她想象出了《使女的故事》，她相信"我也是"运动也迟早会激发出针对其自身的反弹，进而阻碍女性的进步和平等。

2018年初，阿特伍德就曾批评"我也是"运动未能保障被告应享的正当程序权，并由此引发了一场论战。在为多伦多《环球邮报》撰写的一篇题为《我是个坏女权主义者吗？》的文章中，阿特伍德写到自己在两年前曾为不列颠哥伦比亚大学的一名被控性侵的创意写作教授的正当程序权辩护，由此和"好女权主义者们"产生了矛盾。"'我也是'运动在这一刻就是法律体系崩溃的一种征兆"，阿特伍德如此写道，她还将大学里的性侵诉讼比作"塞勒姆女巫审判*，在这种审判中，一个人仅仅因为受到了指控就会被判有罪，因为证据规则就是如此，你不能被判无罪"。她公开谴责那种"可以理解的、暂时的义务警员司法"已

---

* 1692年，美国马萨诸塞湾殖民地塞勒姆镇有几名少女受村里的奴隶提土巴所讲的巫毒教故事蛊惑，声称她们被魔鬼缠身，然后控诉提土巴等三名妇女施行巫术。由于提土巴和其他被指控者受到逼迫，并继而以伪供控诉他人，越来越多的人被安上巫师的罪名，19名被告被处以绞刑，150人被关押候审。——译注加编注

经演变成了"一种在文化上得以固化的滥用私刑的暴徒习性",[1]而这在社交媒体上招致了激烈的反对,一名批评者指责"我们这个时代最重要的一名女权主义代言人"竟会苛求"无权无势的女性去维护她那位有权有势的男性朋友的权力"。[2]

金斯伯格大法官也强调了在大学性侵诉讼过程中公平对待原告和被告的必要性。这种共同的关切使这两位杰出人物的会面格外具有意义。演讲结束后,金斯伯格在演员休息室亲切地迎接了阿特伍德,但她对"我也是"运动的未来表现出了更为乐观的态度。她告诉阿特伍德:"杰夫刚刚问我同不同意你说的女权主义在过去一个世纪里经历了三个主要阶段,我说同意。但我认为这一次不会出现真正有效的反弹。"

阿特伍德回答说:"我认为会,而且我们已经在希拉里·克林顿身上看到这种迹象了。我想在演讲中说的就是我们第一次见证了这种 17 世纪对于女巫角色的讨论。"

金斯伯格回答说:"我想这次会有很多女性挺身而出的,而且很多都会是身居要职的女性。如今女性在法学院各班级和本科生中的比例都超过了 50%。当女性在权力要职上占据多数时,就会有足够多的人来关心她们的姐妹——她们不会允许这种进步被逆转的。"

我们走到后台,又来到剧场外,金斯伯格大法官在那里驻足欣赏了一幅她的巨幅画像,这是一位女性舞台布景人员为了向她致敬而在人行道上制作的。晚饭后，阿特伍德跟我们一起聊天，又坐下来观看了《西区故事》*的晚间演出。演出开始前，光玻歌剧节的导演宣布金斯伯格大法官来到了现场，观众起立报以掌声。

第二天下午，我们参观了费尼莫尔美术馆，馆藏中有亚历山大·汉密尔顿写给阿伦·伯尔的一些信件的原件，信中敲定了他们的生死决斗。†在亚历山大·汉密尔顿厅，金斯伯格大法官凝视着约翰·亚当斯、托马斯·杰斐逊、拉法耶特侯爵和詹姆斯·麦迪逊的青铜脸模面具，她说尽管自己准备带孙辈去看《汉密尔顿》‡的演出，但她最喜欢的开国元勋还是麦迪逊。§

我们又下楼去参观了馆藏的印第安人的艺术品，金斯伯格大法官在两把舞扇前停了下来，这两把舞扇制于1879年左右，出自阿拉斯加的中尤皮克人之手，可以串在手指上，在仪式性舞蹈中用作响板。舞扇旁边是两个圆脸的舞蹈面具，周边被羽毛环绕，一个微笑着，另一个皱着眉。我们的向导解释说，微笑的是男人，皱眉的是女人。

---

* 音乐剧《西区故事》的创作灵感源自莎士比亚的戏剧《罗密欧与朱丽叶》，背景设定在20世纪50年代的纽约贫民区。
† 亚历山大·汉密尔顿，美国政治家、军人，美国开国元勋之一，制宪会议代表及美国宪法签署人之一。阿伦·伯尔，曾任美国副总统（1801—1805），在决斗中杀死了亚历山大·汉密尔顿。
‡ 《汉密尔顿》是根据亚历山大·汉密尔顿的经历改编的一部音乐剧，于2015年在百老汇首演。
§ 以上皆为美国开国元勋。

"女人被描绘成眉头紧锁的样子,男人笑容满面,这常见吗?"金斯伯格大法官问道。

"常见。"向导回答。大法官的儿媳帕特里斯补充道:"这就是为什么这是个永恒的问题。"

当天晚上,在观看歌剧《寂静的夜晚》*之前,我们再次在歌剧院的院子里共进晚餐。这是一部以一战期间的一次临时圣诞停战为蓝本的歌剧,本着多年来我们无数次非正式谈话的精神,金斯伯格大法官让我拿出苹果手机,好在吃甜点之前录下我们的对话。她提出了一些有关正当法律程序和"我也是"运动的进一步思考,同时表示,在安东尼·肯尼迪大法官退休之后,她对最高法院的未来"抱有半信半疑的希望"。

罗:如果玛格丽特·阿特伍德昨晚是对的,我们现在处于第三次女权运动之中,那么接下来在法律方面还会取得哪些胜利呢?

金:一方面就是要给女性提供一个机会,让她们在育儿的同时能够灵活地安排工作时间。让我觉得奇怪的是各家律所一直没有接受弹性工作时间,他们本该接受的,因

---

* 《寂静的夜晚》是作曲家凯文·普特斯和歌词作者马克·坎贝尔创作的一部歌剧。

为现在一名律师的指尖就能装下一整座法律图书馆，她可以在家工作，这在早些年是不可能的。弹性的工作安排对两性都有利。第一个在律师事务所获得弹性工作时间的人出自华盛顿特区，那是阿诺德和波特律师事务所的一名女性，布鲁克斯利·博恩[*]。她在第二个孩子出生时选择每周工作三天。律所告诉她："没关系，但你永远当不上合伙人了。"事实证明她三天的效率超过了普通律师一整周的产出，所以她成了第一位全职的（女性）合伙人。

罗：为了确保女性获得完全平等的对待，还需要进行哪些法律上的变革？

金：有两大领域，一个是无意识偏见，一个是所谓的工作与生活的平衡。如果我们能解决这两个问题，我们就能在各行各业都看到女人的身影。消除无意识偏见，让事业和家庭生活更加便利。

罗：这些就是我们称之为"我也是"的第三次女权运动的目标吗？如果不是，这场运动还有什么其他目标？

金：我不能代替年轻女性发言。我认为"我也是"在更早的时代是不可能出现的。发起这一运动的女性之一——艾什莉·贾德曾说她把哈维·温斯坦的故事告诉《纽约时报》的两年后，这篇报道才最终见报。她们只要做了，就会产生涟漪效应。

罗："我也是"运动会终止于何处？它在法律层面会产

---

[*] 布鲁克斯利·博恩（Brooksley Born, 1940—），美国律师，前政府官员。

生什么影响?

金：玛格丽特·阿特伍德昨晚对"我也是"的看法就是你需要一个投诉的框架，你要在一个体系中建立公平。很多女人都有一些被骚扰的可怕故事要讲。但还有一些案件中，被指控的男人得不到公平的申诉机会。只要有人提出指控，他就会被假定为惯犯。这些受到抨击的人有权讲出自己的故事，就像原告有权讲出她的故事一样。公平是其中的重要一环，对被告要公平。

罗：我们如何才能更好地确保原告和被告的公平？需要怎样的流程？

金：嗯，这些流程都已经写进了一些大学守则。双方都应该有权得到无偏见的裁决。

罗：工作场所也要有公平的程序吗？

金：是的，公平的程序、陈述和无偏见的裁决。玛格丽特·阿特伍德谈的就是一种机构外的独立裁决。

罗：这要怎么运作？工作场所和大学都会设立单独的法庭或评审委员会来审理这些案件吗？

金：是的，他们可能会制定出一些类似仲裁协会那样的程序，而且会有一名独立的仲裁者。

罗：重要的就是公平。

金：对。

罗：根据60、70年代运动的经验，这场运动会有开端、中段和结局吗？

金：我想起了我外孙女和她朋友们身上的那种精神，而这又让我记起了70年代女性身上的那种精神。玛格丽特昨天说的那种反弹绝不会把我们带回过去。进步还在持续，也有可行的途径，而且我确实认为担任要职的女人越多，出现阻碍的可能性就越小。

罗：你在外孙女身上看到的那种让你回想起70年代的精神是什么？

金：她想终结她眼中女性受到的不公待遇，她特别感兴趣的是为贫困女性提供的生殖服务。

罗：考虑到法理学，以及贫困女性在未来难以获得这种机会的可能性，有什么法律上的解决方案？

金：考虑到立法机构所施加的限制，一个途径就是利用州法院和州宪法，要求某些州的法院以最高法院对待平等保护的态度来解释他们的平等保护条款。让我惊讶的是，在罗伊诉韦德案之后，当关于医疗补助是否覆盖堕胎的案件出现时，最高法院却拒绝接受平等的诉求。不过有些州法院可能会更赞同这样的论点，即选择意味着所有女性的选择，而不仅仅是有能力支付所需服务费用的女性可以选择。

罗：如果你是一名州法院的法官，要按照这些思路撰写一份平等保护的裁决意见，你会怎么论证？

金：那应该是这样的：当医疗补助只覆盖分娩而不覆盖堕胎或避孕服务时，政府就未能提供平等保护。

罗：如果罗伊案被削弱或推翻，那么州法院照这种思路所作的裁决是否足以确保堕胎获得许可？

金：各州没有义务按照最高法院解释联邦宪法的方式来解释本州的宪法。

罗：但最保守的州法院会拒绝这种论证，所以贫困女性的状况会更糟。

金：嗯，需要很多州作出改变。可以拿死刑来比较一下，被判处死刑的人数在逐年递减，有些州是因为他们修改了法律，另一些州是因为他们没有强制执行其法律。死刑可能会在消磨中走向终结。大批的州可能都会承认应该让所有女性都能够作出选择，而不是资助某一种选择，却排斥另一种。

罗：所以你外孙女想要说服州法院的理想确实也应该成为其他年轻女性的目标，因为各州的法律变革确实可以造成政治上的差异？

金：是的。首先，你肯定要阻止州立法机构的限制性措施。我想只要立法机构和最高法院在进行对话，那对一个体制来说就是有益的。所以如果最高法院一意孤行地作出裁决，就像莱德贝特案或70年代的通用电气公司诉吉尔伯特案那样，国会就要作出反应并修改法律。

罗：考虑到全国各地对怀孕早期堕胎选择权的强烈支持，如果罗伊案被推翻，你认为国会和各州会有何反应？

金：很多州再也不会回到过去的样子了。然后状况就会变得更加显而易见，直截了当地说就是：贫困女性必须生育，富裕女性可以选择。

罗：肯尼迪大法官已经退休了。你现在担心罗伊案被推翻吗？

金：到目前为止，罗伊案已经有了相当强的先例权重。在凯西案中，这个问题就直接摆到了最高法院面前。最高法院给出了否定的回答，我们不会推翻罗伊案。我们还可以举一些让人充满希望的例子——最高法院曾拒绝推翻米兰达案。上个开庭期，酋长在那些销售税案的异议中就表示他认为过去的那些裁决是错误的，但那些裁决早已被载入史册，久经考验，所以我们应该维持那些裁决，如果立法机构愿意的话，那就让他们作出改变。我们没有水晶球，但将来可能还要面对第二次直接的交锋。即便如此，我认为成功推翻罗伊案的概率也不大。

罗：那其他的重大先例呢？平权行动似乎还很脆弱。

金：这取决于你想到的是哪个领域。我认为在教育方面，你不需要为女性采取平权行动；她们现在是大学生中的多数。我想学校会千方百计地找到一种方法，为残障者这一少数群体提供机会，因为他们在进入大学之前所受的教育远逊于平均水平。我在罗格斯大学教书时就认识到了这一点。发生骚乱的那一年，学校决定实施一项声势浩大的平权行动计划，作为其环节之一，任何少数族裔学生都可以得到教职员工的一对一辅导。我带的那个学生在法学院入学考试中的成绩是300多分，当时最高分是800分。他非常聪明，从来没人教过他怎样正确地读写，这就是他的基础。到年底，他的文章就上了《法律评论》。

罗：你会不会担心有些先例没法幸存？

金：谁知道会怎么样，最高法院的成员构成会变成什么样？在奥康纳大法官离开我们之后，最有可能加入"自由派大法官"行列的就是肯尼迪大法官，这不是什么秘密了。

罗：既然肯尼迪大法官已经退休，你对最高法院的未来是感到乐观还是悲观？

金：我得说我对此抱有半信半疑的希望。

罗：说得好。又是什么让你抱有半信半疑的希望呢？

金：我希望现任酋长能效仿他的前任，伦奎斯特拯救了米兰达案；在挑战《家庭和医疗休假法案》的希布斯案中，他撰写了意见。现任酋长也有可能走上同样的道路。拭目以待吧。

罗：我知道希布斯案的胜利对你有多大的意义，也知道这对你的影响力是多大的一种肯定。你认为首席大法官伦奎斯特为什么会写下这份意见，他又为什么会支持米兰达案？

金：一个原因就是对身为首席大法官之意义的一种理解。伦奎斯特法院在将来的声誉会如何？历史会对罗伯茨法院作出怎样的评判？就伦奎斯特而言，他不仅仅是作出了几项裁决。他还聘用了萨莉·赖德做他的行政助理——萨莉是个女同性恋，她的女朋友会和她一起参加法院的各种活动。

罗：你始终坚信最高法院和法律会追求正义，而且如你所说，你看来还会继续对此抱有半信半疑的希望。你会给那些担心天要塌下来的进步派和自由派人士传达些什么信息？

金：就像我跟你说过的，多年来得以确立的那些良好先例应该能经受住挑战。而且首席大法官也会考虑后人在讲述历史时会如何看待他的法院。

罗：首席大法官罗伯茨在医保案中的投票是否表明他对最高法院的机构合法性有所担忧？

金：也许吧。裁决刚公布时，第一批记者就冲出去说医保法案被推翻了。但酋长接着又说："这是一种税，所以没问题。"他对商业条款和商业条款的限度的意见让人感到不安。如果他完全同意，说"是的，根据商业条款，国会有权这样做，而且这就是一种税"，那就好了。但在我看来，他对商业条款的那种收束的看法是不可取的。

罗：在我们讨论性别平等和平权行动这类领域时，我感觉——你说你抱有半信半疑的希望——我感觉很放心。那么自由派和公民自由意志主义者应该担心哪些领域没法在法庭上得到矫正呢？

金：最高法院曾经对一个很大的领域表过态，那就是涉及金钱和选举的领域，我希望能推翻那些裁决。联合公民案就是此中先例。我们正越来越多地看到选举中的巨额花销在腐蚀我们的民主制度。党派性的不公正选区划分也是如此。看看最高法院下次会怎么解决这个问题吧，会很有意思的。

十三　英雄的遗产

　　最高法院的2018—2019年开庭期对金斯伯格大法官来说是一次严峻的挑战。11月，也就是我在光玻歌剧节和她见面后的三个月，她在自己的办公室里摔断了三根肋骨，但事实证明这是件意想不到的好事：在检查她骨折的肋骨时，医生在她的左肺发现了两个恶性肿瘤，由于发现较早，这两个肿瘤在12月底被成功切除了。凭借非凡的毅力和决心，金斯伯格大法官在康复期间也没有放下最高法院的工作，她在二十五年的大法官生涯中首次缺席了十一次言辞辩论，但在家中休养时还是通过审核案情摘要和庭审记录参与了这些案件。2月初，在重返法官席的两周前，金斯伯格大法官在术后首次公开露面，参加了国家宪法中心主办的演出《声名狼藉的 RBG 之歌》，这是一组美妙的声乐套曲，由她的儿媳帕特里斯·迈克尔斯创作并演唱，她为金斯伯格大法官的信件和意见谱了曲。能在演出结束后见到大法官让我很兴奋。她面带微笑，神情坚定；就在那时，她递给我一张纸条，上面谈到了我母亲最近过世的事，她总是为别人着想，即使在自己尚处于康复期时也是如此。

最高法院的这一开庭期是布雷特·卡瓦诺大法官取代安东尼·肯尼迪大法官后的第一个开庭期，也是最高法院自 2012—2013 年开庭期以来 5 比 4 票裁决比例最高（28%）的一个开庭期，其中 80% 的裁决都出自保守派和自由派大法官在意识形态上产生的分歧。然而在这些裁决中，保守派大法官的胜率只有 44%，而上一个开庭期却是 100%。[1] 肯尼迪大法官退休之后，首席大法官约翰·罗伯茨成了新的摇摆大法官，他在几起关键案件中都加入了四名自由派大法官的行列，其中包括麦迪逊诉亚拉巴马州案和商务部诉纽约州案，前者阻止了亚拉巴马州对一位有记忆和认知障碍的囚犯执行死刑的企图，后者则是特朗普政府在 2020 年人口普查问卷中加入公民身份问题的最初尝试。作为自 20 世纪 30 年代的查尔斯·埃文斯·休斯*以来首位在票数接近时充当摇摆票的首席大法官，罗伯茨确凿无疑地将最高法院打造成了自己的法院，他在 7 项 5 比 4 票的裁决中

---

* 查尔斯·埃文斯·休斯，美国政治家，曾任纽约州州长、美国国务卿和美国首席大法官。

都加入了四名保守派大法官的行列，其中最引人注目的是鲁乔诉共同事业案，其裁决意见认为党派性的不公正选区划分是一个超出了联邦法院监管范围的政治问题。这一裁决激怒了埃琳娜·卡根大法官，她由此撰写了一份痛心疾首的异议，批评多数方拒绝干预并确保"自由和公正的选举"，并引用了《独立宣言》中的坚定主张，即政府的"正当权力来自被统治者的同意"。她的结语是："美国的民主就是这样运作的吗？"

金斯伯格大法官在这一年撰写了六份多数意见，是这一开庭期内撰写多数意见最少的大法官。这一定程度上是因为她在甘迪诉美国案中选择将一份重要的多数意见的撰写任务分派给了卡根大法官。最高法院在该案中以5比3票（卡瓦诺大法官没有参与）拒绝重新启用所谓的"禁止授权原则"。在前新政时代，这一原则限制了国会将行政法规制定权下放给行政机构的权力。"如果（这种）授权是违宪的，那么政府的大部分部门就都违宪了，"卡根写道，"因为国会需要赋予行政官员以自由裁量权来实施其计划。"在首席大法官罗伯茨和克拉伦斯·托马斯大法官持异议的三起分歧严重的案件中，作为最资深的大法官，金斯伯格还将两份多数意见的撰写任务分派给了尼尔·戈萨奇大法官（在5比4票的那些案件中，他有20%的情况是站在自由派一边），一份分派给了卡瓦诺大法官，以此巩固了这两位最新的保守派同事的投票。金斯伯格有机会同时向这两位大法官"招手",是因为他们解释宪法的路径截然不同:戈萨奇和卡瓦诺在第一个开庭期内达成一致的概率比过去50年来由同一位总统任命的其他任何两位大法官达成一致的概率都要少。与金斯伯格达成一致次数最多的是索尼娅·索托马约尔大法官,在美国退伍军人协会诉美国人道主义者协会案中,只有索托马约尔和她一同对塞缪尔·阿利托大法官的意见提出异议,后者的意见认为马里兰州可以在公共土地上维护一座一战纪念碑——一座高40英尺(约12米)的布莱登斯堡和平十字架,而不违反第一修正案中禁止政府确立国教的规定。

尽管金斯伯格还处在康复期,但她撰写多数意见的速度还是比其他任何一位大法官都要快,从言辞辩论到公布裁决的平均用时只有71天,打破了一项历史纪录。[2]

当我在2019年7月2日走进她的办公室时,我对她那非凡的专注力深感惊叹,这让她能够完全专注于手头的工作,而不会因打扰而分心。(几个月前,她的助理们聚集在她的办公室里为她庆生;等到房间里人满为患的时候,她才惊讶地从办公桌后抬起头来,她太过专注于工作,以至于都没有注意到聚集在她周围的人群。)约定的时间过后不久,她在会客室里热情地迎接了我,然后带我去了她的办公室。办公室里播放的背景音乐是勃拉姆斯*的室内乐——金斯伯格大法官说演奏者是小提琴手约书亚·贝尔、钢琴

---

* 约翰内斯·勃拉姆斯,德国浪漫主义作曲家。

家杰里米·登克和大提琴手史蒂文·伊瑟利斯,她曾邀请他们在 5 月份到最高法院为大法官们的春季音乐会演奏。我们决定在接下来的对话中播放这张出色的专辑——《勃拉姆斯之爱》。

★★★

罗:我们起初是通过音乐和歌剧结识的。为什么音乐对你这么重要?

金:噢,这是一件可以让生活变得美好的事。即便是如今,大部分时间里我都会播放一些音乐。除非是迫不得已,或者是某份意见中有一部分还没完成,我才不得不关掉音乐,然后开始集中精力。大多数时候我会播放歌剧或一些其他的动听的音乐。我早上起床的第一件事就是收听调频 90.9 兆赫的广播,这是华盛顿特区的一个古典音乐台。我儿子还给了我一大堆唱片。我没法想象没有音乐的生活。

罗:这能让你跳脱出自我吗?

金:是的,歌剧在这方面很有用。我有时可能会思考下周要提出的意见或论点,但是去看歌剧的时候,我就会完全沉浸在音乐里,不会去想案情摘要、论点或意见。

罗:哪些歌剧演出是你人生中难以忘怀的?

金：《唐·乔瓦尼》中的切萨雷·谢皮[*]。他演的唐实在是绝了。大都会歌剧院每年都会重复上演这部作品，所以我对谢皮的精彩演绎印象很深。他和他饰演的那些角色一样温文尔雅。

另一个是1958年我在波士顿看的《蝴蝶夫人》[†]，当时大都会歌剧团还在巡演。日本导演教会了女演员们如何像日本女人一样行止坐卧。安托瓦内塔·斯特拉饰演巧巧桑，没用折扇，但这是一部非常优美的作品。

华盛顿国家歌剧院今年一开场就上演了《奥泰罗》。几年前，我在大都会歌剧院看了他们多年来一直在演的上一版《奥泰罗》——现在他们有了一个新版。托马斯·汉普森饰演伊阿古。他太棒了，简直就是邪恶的化身。

蕾昂泰茵·普莱斯和弗兰科·科雷利在《游吟诗人》[‡]中的双首秀可能是我在大都会歌剧院经历的最壮美的夜晚。

罗：哇噢。

金：他们是在旧大都会歌剧院首次亮相的，伦纳德·沃伦[§]去世当晚，我们也是在那儿观看了《命运之力》。沃伦

---

[*] 切萨雷·谢皮，意大利歌剧演唱家。他音色浑厚，身材高大，举止优雅，是唐·乔瓦尼这个角色的不二人选。
[†] 《蝴蝶夫人》是意大利作曲家普契尼创作的歌剧。该剧以日本为背景，女主人公巧巧桑与美国海军军官平克尔顿结婚后独守空房，等来的却是丈夫的背弃，最终以巧巧桑自杀为结局。
[‡] 《游吟诗人》和下文的《命运之力》都是由朱塞佩·威尔第作曲的四幕歌剧。
[§] 伦纳德·沃伦，美国歌剧演唱家，男中音。

是我听过的最完美的利哥莱托。*

罗：1960年他去世时你在场吗？

金：对，马蒂和我都在现场。

罗：噢，天哪。你知道当时发生了什么情况吗？

金：他唱完了那段伟大的咏叹调，然后就倒下去了。下一个上台的角色本应是一名医生，他会跟这位男中音说男高音（饰演的角色）活下来了。幕布落下后，幕间休息了很长时间。我们一回到座位上，鲁道夫·宾†就宣布："伦纳德·沃伦今晚离世了。演出不再继续。"当晚的男高音是理查德·塔克。‡他和沃伦是好朋友。

罗：开庭期结束几分钟后，你就给我发来邮件，说你已经完成了这份手稿的编校工作，我不得不说我有多么震惊。你这种非同一般的专注力是怎么炼成的？你的自律和对工作的全情投入是如何做到的？

金：我没有什么神奇的公式。我一直就是这样工作的。每次看到庭审记录的时候，我都会发现我并不像自己想象的那样伶牙俐齿。我编校是为了减少含混的地方，让稿件更加清晰。

罗：你的措辞都很完美。你的自制力也不同寻常。你经常会分享你母亲的那个建议，像愤怒和嫉妒这样的情绪都是徒劳无益的。这是一个蕴含着传统大智慧的建议，但

---

* 利哥莱托是威尔第歌剧《弄臣》（*Rigoletto*）中的主人公。
† 鲁道夫·宾，1950年至1972年任纽约市大都会歌剧院总经理。
‡ 理查德·塔克，美国男高音歌唱家。

实际上很难做到。

金：是的。

罗：你实际上是怎么做到的？

金：因为我意识到，如果我不能克服无益的情绪，那我就只会陷入困境，损失宝贵而有益的工作时间。

这个开庭期对我来说很艰难，因为从11月我摔断肋骨一直到5月初，肺癌都是个主要的障碍。在那段时间里，对我来说最好的事情就是坐下来起草一份意见稿，不要再想我的病痛了，只做好工作就行。

就其他方面来说，这也是个很艰难的开庭期，你也看到这个开庭期最后几周的结果了。我认为埃琳娜·卡根在那起党派性不公正选区划分案中写了一篇精彩的异议。

罗：她引用了《独立宣言》，说民主的本质已岌岌可危。你认为无法在法院挑战党派性不公正选区划分的危害何在？

金：嗯，州法院还有些希望。宾夕法尼亚州是一个在划分选区时极不公正的州，这并不符合该州的宪法。考虑到最高法院目前的人员构成，这方面发生变化的可能性可以说微乎其微。

还有一点也让我很难过，尽管我料到了，只有一个同事，也就是索托马约尔大法官在布莱登斯堡十字架案*中加入了

---

* 布莱登斯堡十字架案，即美国退伍军人协会诉美国人道主义者协会案。——编注

我这一方。布雷耶是这么评论的:"我们的分歧反映的或许就是我们在成长环境上的差异。"他是在旧金山长大的,我是在布鲁克林长大的。

罗:那里肯定也有十字架。在那起双重追诉案中,你也只有戈萨奇大法官这一个盟友。*

金:是的。事实上密切关注我们动向的人都会注意到,我在这个开庭期给戈萨奇分派了两次意见撰写任务,给卡瓦诺分派了一次。那几次我都是负责分派意见撰写任务的大法官,因为酋长和托马斯大法官都站到另一边了,我就是多数方中最资深的大法官。

罗:你对卡瓦诺大法官的第一个开庭期怎么看?

金:他非常随和,工作相当努力,他还迈出了很重要的第一步:他所有的法官助理都是女性。结果就是在最高法院担任法官助理的女性有史以来首次在人数上超过男性。

罗:戈萨奇大法官如何?

---

* 双重追诉案(double jeopardy case)在美国司法史上有多起,此处指金斯伯格和戈萨奇两位大法官持异议的甘布尔诉美国案(*Gamble v. United States*)。在该案中特兰斯·马特斯·甘布尔(Terance Martez Gamble)因持有枪械而被联邦地区法院判为重罪犯,甘布尔争辩称联邦地区法院犯了个错:根据第五修正案双重追诉条款,同一行为不应受到重复起诉。而联邦地区法院则认为,甘布尔的行为虽已经被亚拉巴马州起诉和判决,但由联邦政府来起诉同一行为并不在双重追诉条款禁止之列。该案后上诉至最高法院,多数意见认为双重追诉条款禁止对同一"犯罪行为"双重追诉,而犯罪行为是由法律来确定的,州和联邦政府代表两种至高权力,创制的不同法律可以产生两次犯罪行为。最高法院认为各自的至高权力是第五修正案的必然结果,而非修正案双重追诉条款的例外,以7比2票的结果维持了原判,拒绝推翻先例。——编注

金：他也很随和。但在一些议题上，我们可以预测他的看法。我想我们所有人都是如此。这个开庭期有一起重要案件，甘迪诉美国案，涉及禁止授权原则的重启。我认为在九名大法官都参与进来时，这个议题很快会重新摆上桌面。

罗：在甘迪诉美国案中，卡根大法官撰写的多数意见认为重启禁止授权原则意味着政府的终结。如果重启这一原则，会出现这种情况吗？

金：嗯，我们只能静观其变。自新政早期的最高法院开始，这一原则就没有被纳入最高法院的法学体系之中。

罗：最高法院面临的风险是什么？帮人们理解一下为什么禁止授权原则的复兴，以及所有会让政府难以发挥其功用的教条竟会引发如此巨大的分歧。

金：人们很难理解行政法这个领域。这其中当然有一种对机构滥用职权的制约。国会可以赋予机构宽泛的自由裁量权，但如果国会不喜欢这个机构的所作所为，它也可以叫停。我没法理解这种看法——立法机构必须在法规中阐明它实际上无法预见的事情。

罗：在这样一个极化的时代，如果国会必须把一切都阐明，那么在实践中会不会给政府造成很大的困难？

金：那我都不知道我们该如何让国会重新开始运作了。但我看到外孙女和她的朋友的时候，我还是很乐观。克拉拉*知道让人们去投票的重要性。

罗：在卡瓦诺大法官取代肯尼迪大法官之后，最高法院发生了什么变化？

金：我认为巨大的变化发生在桑德拉离开之时。她在开庭期中期离开了最高法院。在她缺席的那几个月里，在所有分歧严重的案件中，如果她能留下来，我就会成为多数方，而不是少数方。

你读过埃文·托马斯†写的那本（桑德拉的）传记吗？写得很好。只有一处需要更正。托马斯描述了我在最高法院车库停车时是怎么剐蹭了桑德拉的车。在菲尼克斯有人把这个故事夸大了。埃文·托马斯想要解释我糟糕的驾驶技术，他说我人到中年时搬到华盛顿才学会开车。事实上我二十岁就拿到了驾照！我的确是个很差劲的司机，但也只剐了桑德拉的车一次，没有很多次。

（笑声）

罗：明年是第十九修正案通过一百周年。《平等权利修正案》能否重整旗鼓？有这个可能吗？

金：是的，我想有这个可能。但我希望它能有一个全新的开始。有一种想法认为，如果再有三个州批准，《平等权利修正案》就能通过，但我觉得不能这样算，因为很多州已经撤回了批准，所以你必须把这些州算进来。最好是

---

* 克拉拉·斯佩拉，纽约执业律师，金斯伯格的外孙女。——编注
† 埃文·托马斯，美国记者、历史学家、作家。

从头开始。我希望它能通过。

罗：如果让你说明为什么现在批准《平等权利修正案》非常重要，你会说什么？

金：男女平等的公民地位属于治理的基本手段，这应该像言论自由和宗教自由一样成为社会的基础。50年代后期，全世界的所有宪法都确立了这一基本权利。很多国家并没有兑现这一承诺，但至少会承认这是基本人权。使用平等保护条款来确保男女公民地位平等，这带有一定的讽刺意味。这一条款出自一项修正案，而这一修正案首次将"男性"一词引入了宪法。

罗：这就是你并非原旨主义者的原因？

金：我是一个原旨主义者；我认为我们正在不断地形成一个更完美的同盟，而这也是建国者们的初衷。尽管情况可能很糟糕，但比过去还是好多了。现在不是最好的时候，但想想我已经在漫长的一生中经历了多少糟糕的时刻。一开始是二战，局势在我的成长期糟糕到了极点。我上大学时又赶上了乔·麦卡锡参议员。然后是越南。我们都想办法度过了这些糟糕的时期。

罗：而且如你所说，宪法已经变得更加包容兼蓄。这是个很美好的词，也是你常用的词。你所说的包容兼蓄是什么意思？

金：将那些被忽视的人接纳为共同体的一部分，不是勉强接受，而是张开双臂欢迎。

罗：对你来说，这就是宪法应该发挥的作用吗？

金：是的，我相信这就是建国者们所期盼的。

罗：我看到2010年的一项民意调查显示，支持原旨主义的美国人比支持灵活宪政主义的美国人多，分别为49%和42%。你觉得这是为什么？

金：我觉得原因是这两个术语的含义都不明确。

罗：那么就帮助我们理解一下。宪法原文的含义是什么？

金：经《人权法案》修订后的宪法原文包括很多主题，随着社会的演变，这些主题也开始适用于其中，最为突出的方面就是言论、出版和宗教自由，以及正当法律程序。平等的精神早已倾注于《独立宣言》之中，然而奴隶制的污点使这一理想直到1868年才被写入宪法。

罗：你认为为了兑现宪法和《独立宣言》的承诺而扩大宪法的保护范围是很重要的吗？

金：《独立宣言》是我们对平等理念的第一份声明，尽管"人人生而平等"这一伟大的声明是由奴隶主执笔撰写的。

罗：我重读了你在13岁时写的有关《独立宣言》《大宪章》《十诫》和《联合国宪章》的文章。这让我感动不已。

金：嗯，那是一个非常有希望的时期。人们梦想着同一个世界和富兰克林·德拉诺·罗斯福总统的四大自由。我马上要去里斯本参加一个纽约大学的会议，这次会议会以一系列有关英国脱欧的文章开始。下一个话题就是民主的崩解。

罗：西方的民粹主义兴起这个主题至关重要。你会担心我们所看到的就是建国者们惧怕的那种煽动家的崛起吗？

金：是的。

罗：社交媒体是原因之一吗？

金：是，一个重要的原因就是弥漫在人群中的不满情绪，他们觉得我们的政府机构不重视他们，詹姆斯·戴维·万斯[*]的《乡下人的悲歌》就是一个例证。

罗：维护民主对我们任何一个人来说都是无比艰巨的任务。但还有哪些事情是可做的呢？

金：一个关键的事情就是要给孩子们讲授有关民主的知识。他们在学校里不像我小时候在公民课上可以学到这方面的知识。顺便一提，你看过《宪法对我意味着什么》这部舞台剧吗？

罗：还没有，但我知道你看了。你觉得怎么样？

金：我很喜欢。在第二幕结束的时候，一个十几岁的姑娘会走上舞台，参与一场有关宪法的对话。两个年轻姑娘轮流担当了这一角色。年龄比较大的那个十八岁的姑娘在我去看这部剧的那晚扮演了这个角色。她刚刚高中毕业，

---

[*] 詹姆斯·戴维·万斯，美国作家、风险投资家，因其回忆录《乡下人的悲歌》而闻名。

我会和她保持联系的。这些年轻女孩子让我深感振奋。

罗：她们有什么让人振奋的地方？这部剧要传达的信息是什么？

金：这部剧一开始就是一个年轻姑娘滔滔不绝地谈论宪法的美好之处，从而在美国退伍军人协会赢得了一场竞赛。接下来，她就开始质疑宪法是否还像她小时候所描绘的那样具有保护作用。在末尾，她向观众提出了一个问题：我们是应该保留它，还是应该重新来过？我们观众以压倒性的票数支持保留它，对大多数观众来说也的确如此。

罗：为什么人们会心怀感念地去保留它？我们又为什么应该保留它？

金：我们有什么理由认定如果从头开始，我们能做得更好？

罗：对于你写到我母亲的那些文字，还有你所说的继续做好自己的工作，过好自己的日子才是至关重要的事，我都非常感谢。

金：她听起来就像我喜欢的那种人。

罗：如果你必须给年轻的姑娘或小伙提一些建议，告诉他们如何将自律和专注力整合进富有成效和同理心的生活里，你会提些什么建议？

金：如果你想实现梦想，那就必须自愿付出艰苦的努力，才能使之成为可能。我们所生活的这个社会，只要有意志力、决心和奉献精神，你就可以运用你的才能，成为任何你想成为的人。我还有一条建议,好公民不但享有权利,也要承担义务,那就是尽力维护我们民主价值的义务。年轻人应该追求一些超越自身的东西,一些让他们充满热忱的东西:例如,结束歧视或保护我们这颗星球。

罗:你对最高法院的未来是乐观还是悲观?

金:我尊重最高法院。我想所有大法官都是如此。最重要的是,我们都想确保我们能让最高法院和它初创之时一样健康。在大多数情况下,美国联邦最高法院都堪称楷模。与政府的政治分支不同,我们必须给自己的意见提供理由。希望之泉永不止息。在参加会议和撰写意见时,我会尽量做到有说服力。有时我成功了,有时不成功。但我会继续努力。

附注

本书对话均出自作者的下列访谈：

"A Conversation with Justice Ruth Bader Ginsburg," Aspen Ideas Festival, Aspen, Colorado, July 8, 2010.

"An Evening with Justice Ruth Bader Ginsburg," National Constitution Center, Philadelphia, Pennsylvania, September 6, 2013.

Interview with Justice Ruth Bader Ginsburg after the National Constitution Center performance of *Scalia /Ginsburg*, Washington, DC, April 24, 2014.

"Ruth Bader Ginsburg Is an American Hero," *New

Republic, September 28, 2014.

"A Conversation with Supreme Court Justice Ruth Bader Ginsburg," The Aspen Institute, Washington, DC, October 27, 2014.

"A Conversation with Justice Ruth Bader Ginsburg," National Constitution Center, Philadelphia, Pennsylvania, February 12, 2018.

Interview with Justice Ruth Bader Ginsburg at Glimmerglass, Cooperstown, New York, August 18, 2018.

Interview with Justice Ruth Bader Ginsburg at the Supreme Court, Washington, DC, July 2, 2019.

本书编注涉及法律专业术语及案例部分，主要参考Ballotpedia、Oyez等政治法律在线百科词典，及美国联邦最高法院官网。

引用案例及原注

（引用案例按正文中出现的顺序列出）

引言

韦尔什诉美国案，*Welsh v. United States*, 398 U.S. 333 (1970)

莫里茨诉国税局局长案，*Moritz v. Commissioner of Internal Revenue*, 469 F.2d 466 (10th Cir. 1972)

罗伊诉韦德案，*Roe v. Wade*, 410 U.S. 113 (1973)

伊巴涅斯诉佛罗里达商业和职业监管部案，*Ibanez v. Florida Department of Business and Professional Regulation, Board of Accountancy*, 512 U.S. 136 (1994)

拉茨拉夫诉美国案，*Ratzlaf v. United States*, 510 U.S. 135

(1994)

布什诉戈尔案，*Bush v. Gore*, 531 U.S. 98 (2000)

1. Ruth Bader Ginsburg, "Some Thoughts on Judicial Authority to Repair Unconstitutional Legislation," *Cleveland State Law Review* 28 (1979): 301, http://engagedscholarship.csuohio.edu/clevstlrev/vol28/iss3/3.

2. Jeffrey Rosen, "The List," *New Republic*, May 10, 1993, https://newrepublic.com/article/73769/the-list-0.

3. Daniel Patrick Moynihan to Martin Peretz, April 10, 1994. On file with author.

4. Suzy Hagstrom, "Silvia Safille Ibanez, Still Fighting After a Big Victory," *Orlando Sentinel*, December 31, 1995, http://articles.orlandosentinel.com/1995-12-31/news/9512291309_1_ibanez-florida-certified-financial.

5. Jeffrey Rosen, "The New Look of Liberalism on the Court," *New York Times Magazine,* October 5, 1997, https://archive.nytimes.com/www.nytimes.com/library/politics/scotus/articles/100597nytmag-ginsburg-profile.html.

一、她的标志性案例

布朗诉教育委员会案，*Brown v. Board of Education of Topeka*, 347 U.S. 483 (1954)

霍伊特诉佛罗里达州案，*Hoyt v. Florida*, 368 U.S. 57 (1961)

里德诉里德案，*Reed v. Reed*, 404 U.S. 71 (1971)

弗朗蒂罗诉理查森案，*Frontiero v. Richardson*, 411 U.S. 677 (1973)

韦尔什诉美国案，*Welsh v. United States*, 398 U.S. 333 (1970)

克雷格诉博伦案，*Craig v. Boren*, 429 U.S. 190 (1976)

温伯格诉维森菲尔德案，*Weinberger v. Wiesenfeld*, 420 U.S. 636 (1975)

格赛尔特诉克利里案，*Goesaert v. Cleary*, 335 U.S. 464 (1948)

1. "Reed vs. Reed at 40: Equal Protection and Women's Rights," *Journal of Gender, Social Policy and Law* 20 (2011): 317.

二、两性平等的婚姻

1. Jane Sherron De Hart, *Ruth Bader Ginsburg: A Life* (New York: Alfred A. Knopf, 2018), p. 44.

2. Ibid., p. 56.

3. Ruth Bader Ginsburg, "The Status of Women: Introduction," *American Journal of Comparative Law* 20 (1972): 509–25.

4. Martin D. Ginsburg, "Reflections on Supreme Court Spousehood," delivered at Ninth Circuit Judicial Conference Breakfast, Maui, Hawaii, August 22, 1995.

5. De Hart, *Ruth Bader Ginsburg*, p. 416.

6. Hanna Rosin, "The End of Men," *Atlantic* (July/August

2010), https://www.theatlantic.com/magazine/archive/2010/07/the-end-of-men/308135/.

三、罗伊案

罗伊诉韦德案，*Roe v. Wade*, 410 U.S. 113 (1973)

计划生育联盟宾夕法尼亚东南分部诉凯西案，*Planned Parenthood of Southeastern Pennsylvania v. Casey*, 505 U.S. 833 (1992)

斯特拉克诉国防部长案，*Struck v. Secretary of Defense*, 409 U.S. 1071 (1972)

冈萨雷斯诉卡哈特案，*Gonzales v. Carhart*, 550 U.S. 124 (2007)

斯坦伯格诉卡哈特案，*Stenberg v. Carhart*, 530 U.S. 914 (2000)

麦卡伦诉科克利案，*McCullen v. Coakley*, 573 U.S. 464 (2014)

1. Ruth Bader Ginsburg, "Speaking in a Judicial Voice," Madison Lecture Series, *New York University Law Review* 67 (1992): 1199.

2. Ibid., p. 1208.

3. Ruth Bader Ginsburg, "Some Thoughts on Autonomy and Equality in Relation to *Roe v. Wade*," *North Carolina Law Review*, vol. 53 (1985): 385.

4. Ginsburg, "Speaking in a Judicial Voice," p. 1198.

四、《人权法案》与平等保护

美国诉弗吉尼亚州案，*United States v. Virginia*, 518 U.S. 515 (1996)

M.L.B. 诉 S.L.J. 案，*M.L.B. v. S.L.J.*, 519 U.S. 102 (1996)

奥尔森诉美国缉毒局案，*Olsen v. Drug Enforcement Administration*, 878 F.2d 1458 (D.C. Cir. 1989)

伯维尔诉好必来公司案，*Burwell v. Hobby Lobby Stores, Inc.*, 573 U.S. 682 (2014)

杨诉联合包裹运送服务公司案，*Young v. United Parcel Service, Inc.*, 575 U.S. ___ (2015)

戈杜尔迪格诉艾洛案，*Geduldig v. Aiello*, 417 U.S. 484 (1974)

通用电气公司诉吉尔伯特案，*General Electric Company v. Gilbert*, 429 U.S. 125 (1976)

韦尔什诉美国案，*Welsh v. United States*, 398 U.S. 333 (1970)

加州联邦储蓄与放款协会诉格拉案，*California Federal Savings & Loan Association v. Guerra*, 479 U.S. 272 (1987)

沃奇海默诉费城地区学校案，*Vorchheimer v. School District of Philadelphia*, 400 F. Supp. 326 (E.D. Pa. 1975)

史密斯诉无名氏案，*Smith v. Doe*, 538 U.S. 84 (2003)

吉迪恩诉温赖特案，*Gideon v. Wainwright*, 372 U.S. 335 (1963)

斯奈德诉菲尔普斯案，*Snyder v. Phelps,* 131 S. Ct. 1207 (2011)

赖利诉加利福尼亚州案，*Riley v. California*, 573 U.S. 373(2014)

美国诉琼斯案，*United States v. Jones*, 565 U.S. 400 (2012)

1. De Hart, *Ruth Bader Ginsburg*, p. 35.

2. *Vorchheimer v. School District of Philadelphia*, 400 F. Supp. 326 (E.D. Pa. 1975).

3. *M.L.B. v. S.L.J.*, 519 U.S. 102 (1996).

4. *Olsen v. Drug Enforcement Administration*, 878 F.2d 1458 (D.C. Cir. 1989).

5. *Young v. United Parcel Service, Inc.*, 575 U.S. ___ (2015).

6. *Geduldig v. Aiello*, 417 U.S. 484, 496 n.20 (1974).

7. Ruth Bader Ginsburg and Susan Deller Ross, "Pregnancy and Discrimination," *New York Times*, January 25, 1977, https://www.nytimes.com/1977/01/25/archives/pregnancy-and-discrimination.html.

8. Ruth Bader Ginsburg, "Some Thoughts on the 1980's Debate over Special versus Equal Treatment for Women," *Law & Inequality* 4 (1986): 145, http://scholarship.law.umn.edu/lawineq/vol4/iss1/11.

五、法坛姐妹

萨福德联合学区诉雷丁案，*Safford Unified School District #1 v. Redding,* 557 U.S. 364 (2009)

布什诉戈尔案，*Bush v. Gore*, 531 U.S. 98 (2000)

美国诉弗吉尼亚州案，*United States v. Virginia*, 518 U.S. 515 (1996)

联合公民诉联邦选举委员会案，*Citizens United v. Federal Election Commission*, 558 U.S. 310 (2010)

谢尔比县诉霍尔德案，*Shelby County v. Holder*, 570 U.S. 529 (2013)

伯维尔诉好必来公司案，*Burwell v. Hobby Lobby Stores, Inc.*, 573 U.S. 682 (2014)

1. Ruth Bader Ginsburg, "The Progression of Women in the Law," *Valparaiso Law Review* 29 (1994): 1175.

2. Ibid., p. 1174.

3. De Hart, *Ruth Bader Ginsburg*, p. 383.

4. Ibid.

5. Transcript of Oral Argument in *Safford Unified School District #1 v. Redding*, 45–46, April 21, 2009, https://www.supremecourt.gov/oral_arguments/argument_transcripts/2008/08-479.pdf.

6. *Safford Unified School District #1 v. Redding*, 557 U.S. 364 (2009) (Ginsburg, J., concurring).

7. De Hart, *Ruth Bader Ginsburg*, p. 328.

8. Remarks by Justice Ruth Bader Ginsburg on Presentation of Torchbearer Award to Justice Sandra Day O'Connor, Women's

Bar Association of Washington, DC, May 14, 1997.

9. Joan Biskupic, "Female Justices Attest to Fraternity on the Bench," *Washington Post*, August 21, 1994, https://www.washingtonpost.com/archive/politics/1994/08/21/female-justices-attest-to-fraternity-on-bench/b43a9c49-8b7b-4adc-9972-ceb31402287a/?utm_term=.12bae40d0b9c.

10. Remarks by Justice Ginsburg, Presentation of Torchbearer Award.

11. "When Will There Be Enough Women on the Supreme Court? Justice Ginsburg Answers That Question," *PBS NewsHour*, PBS, February 5, 2015, https://www.pbs.org/newshour/show/justice-ginsburg-enough-women-supreme-court.

12. De Hart, *Ruth Bader Ginsburg*, p. 382.

13. Ibid., p. 341.

14. Ruth Bader Ginsburg, foreword to Bryant Johnson, *The RBG Workout: How She Stays Strong...and You Can Too!* (New York: Houghton Mifflin Harcourt, 2017), p. 6.

15. Carla Herreria, "Ruth Bader Ginsburg Slams Senate Hearings as a 'Highly Partisan Show,' " *Huffington Post*, September 13, 2018, https://www.huffingtonpost.com/entry/ruth-bader-ginsburg-senate-supreme-court-hearings_us_5b999d0fe4b0162f4733cf91.

六、尼诺

布什诉戈尔案，*Bush v. Gore*, 531 U.S. 98 (2000)

哥伦比亚特区诉赫勒案，*District of Columbia v. Heller*, 554 U.S. 570 (2008)

克雷格诉博伦案，*Craig v. Boren*, 429 U.S. 190 (1976)

冈萨雷斯诉卡哈特案，*Gonzales v. Carhart*, 550 U.S. 124 (2007)

马里兰州诉金案，*Maryland v. King*, 569 U.S. 435 (2013)

1. Rosen, "The List"; Ruth Bader Ginsburg, Eulogy for Justice Antonin Scalia, March 1, 2016, https://awpc.cattcenter.iastate.edu /2017/03/21/eulogy-for-justice-antonin-scalia-march-1-2016.

2. "The Case of the Notorious RBG: New at Reason," *Reason*, January 5, 2019, https://reason.com/blog/2019/01/05/the-case-of-the-notorious-rbg-new-at-rea.

3. "Supreme Court Justices Weigh in on Antonin Scalia's Death," *USA Today*, February 14, 2016, https://www.usatoday.com/story/news/politics/2016/02/14/statements-supreme-court-death-justice-scalia/80375976/./.

4. Ginsburg, Eulogy for Justice Antonin Scalia.

5. Herreria, "Ruth Bader Ginsburg Slams Senate Hearings."

6. Christopher E. Smith et al., "The First-Term Performance of

Ruth Bader Ginsburg," *Judicature* 78 (1994–95): 74, https://heinonline.org/HOL/LandingPage?handle=hein.journals/judica78&div=21&id=&page=.

7. Ginsburg, Eulogy for Justice Antonin Scalia.

8. Joan Biskupic, *The Chief: The Life and Turbulent Times of Chief Justice John Roberts* (New York: Basic Books, 2019), p. 306.

七、两位"酋长"

弗朗蒂罗诉理查森案,*Frontiero v. Richardson*, 411 U.S. 677 (1973)

泰勒诉路易斯安那州案,*Taylor v. Louisiana*, 419 U.S. 522 (1975)

美国诉莫里森案,*United States v. Morrison*, 529 U.S. 598 (2000)

内华达州人力资源部诉希布斯案,*Nevada Department of Human Resources v. Hibbs*, 538 U.S. 721 (2003)

美国诉弗吉尼亚州案,*United States v. Virginia*, 518 U.S. 515 (1996)

联合公民诉联邦选举委员会案,*Citizens United v. Federal Election Commission*, 558 U.S. 310 (2010)

谢尔比县诉霍尔德案,*Shelby County v. Holder*, 570 U.S. 529 (2013)

全国独立企业联盟诉西贝利厄斯案,*National Federation of Independent Business v. Sebelius*, 567 U.S. 519 (2012)

米兰达诉亚利桑那州案,*Miranda v. Arizona*, 384 U.S. 436 (1966)

伯维尔诉好必来公司案,*Burwell v. Hobby Lobby Stores, Inc.*, 573 U.S. 682 (2014)

1. Ruth Bader Ginsburg, "In Memoriam: William H. Rehnquist," *Harvard Law Review*, vol. 119 (2005): 6.

2. De Hart, *Ruth Bader Ginsburg*, p. 327.

3. Jeffrey Rosen, "Rehnquist the Great?," *Atlantic*, April 2005, https://www.theatlantic.com/magazine/archive/2005/04/rehnquist-the-great/303820/.

4. Bernard Weinraub, "Burger Retiring, Rehnquist Named Chief; Scalia, Appeals Judge, Chosen for Court," *New York Times*, June 18, 1986, https://www.nytimes.com/1986/06/18/us/burger-retiring-rehnquist-named-chief-scalia-appeals-judge-chosen-for-court.html.

八、一个异议引发的模因

谢尔比县诉霍尔德案,*Shelby County v. Holder*, 570 U.S. 529 (2013)

伯维尔诉好必来公司案,*Burwell v. Hobby Lobby Stores, Inc.*, 573 U.S. 682 (2014)

冈萨雷斯诉卡哈特案，*Gonzales v. Carhart*, 550 U.S. 124 (2007)

莱德贝特诉固特异轮胎与橡胶公司案，*Ledbetter v. Goodyear Tire & Rubber Co.*, 550 U.S. 618 (2007)

全国独立企业联盟诉西贝利厄斯案，*National Federation of Independent Business v. Sebelius*, 567 U.S. 519 (2012)

特朗普诉夏威夷州案，*Trump v. Hawaii*, 585 U.S. ___ (2018)

杰作蛋糕店诉科罗拉多州民权委员会案，*Masterpiece Cakeshop, Ltd. v. Colorado Civil Rights Commission*, 584 U.S. ___ (2018)

布什诉戈尔案，*Bush v. Gore*, 531 U.S. 98 (2000)

西北奥斯汀第一市政事业区诉霍尔德案，*Northwest Austin Municipal Utility District No. One v. Holder*, 557 U.S. 193 (2009)

罗伊诉韦德案，*Roe v. Wade*, 410 U.S. 113 (1973)

斯科特诉桑福德案，*Dred Scott v. Sandford*, 60 U.S. 393 (1857)

普莱西诉弗格森案，*Plessy v. Ferguson*, 163 U.S. 537 (1896)

1. Ruth Bader Ginsburg, "Dinner Remarks," Embassy of the United States, Madrid, July 23, 1996.

2. *Notorious R.B.G.* (blog), Tumblr, June 25, 2013, entry, http://notoriousrbg.tumblr.com/post/53878784482/throwing-out-preclearance-when-it-has-worked-and.

3. Saba Hamedy, "The Authors of 'Notorious RBG' on Why

They First Started a Tumblr About Ruth Bader Ginsburg," *Los Angeles Times*, October 23, 2015, https://www.latimes.com/books/reviews/la-ca-jc-notorious-rbg-20151025-story.html.

4. Ibid.

5. *Burwell v. Hobby Lobby Stores, Inc.*, 573 U.S. 682 (2014) (Ginsburg, J., dissenting).

6. Ruth Bader Ginsburg, "Styles of Collegial Judging: One Judge's Perspective," *Federal Bar News and Journal* 39 (1992): 200.

7. Ruth Bader Ginsburg, "Remarks on Writing Separately," *Washington Law Review* 65 (1990): 133.

8. Ginsburg, "Speaking in a Judicial Voice," p. 1192.

9. Ruth Bader Ginsburg, "Interpretations of the Equal Protection Clause," *Harvard Journal of Law and Public Policy*, vol. 9 (1986): 41.

10. Ginsburg, "Speaking in a Judicial Voice," p. 1193.

11. *Notorious R.B.G.*

九、她想推翻的案件

费希尔诉得克萨斯大学案, *Fisher v. University of Texas at Austin*, 579 U.S. ___ (2016)

美国诉卡罗琳产品公司案, *United States v. Carolene Products Co.*, 304 U.S. 144 (1938)

联合公民诉联邦选举委员会案，*Citizens United v. Federal Election Commission*, 558 U.S. 310 (2010)

冈萨雷斯诉卡哈特案，*Gonzales v. Carhart*, 550 U.S. 124 (2007)

美国诉温莎案，*United States v. Windsor*, 570 U.S. 744 (2013)

霍林斯沃思诉佩里案，*Hollingsworth v. Perry*, 570 U.S. 693 (2013)

马赫诉罗伊案，*Maher v. Roe*, 432 U.S. 464 (1977)

哈里斯诉麦克雷案，*Harris v. McRae*, 448 U.S. 297 (1980)

全国独立企业联盟诉西贝利厄斯案，*National Federation of Independent Business v. Sebelius*, 567 U.S. 519 (2012)

谢尔比县诉霍尔德案，*Shelby County v. Holder*, 570 U.S. 529 (2013)

是松诉美国案，*Korematsu v. United States*, 323 U.S. 214 (1944)

洛克纳诉纽约州案，*Lochner v. New York*, 198 U.S. 45 (1905)

鲍尔斯诉哈德威克案，*Bowers v. Hardwick*, 478 U.S. 186 (1986)

劳伦斯诉得克萨斯州案，*Lawrence v. Texas*, 539 U.S. 558 (2003)

美国诉弗吉尼亚州案，*United States v. Virginia*, 518 U.S. 515 (1996)

罗伊诉韦德案，*Roe v. Wade*, 410 U.S. 113 (1973)

十、谨慎行动

罗伊诉韦德案，*Roe v. Wade*, 410 U.S. 113 (1973)

布朗诉教育委员会案，*Brown v. Board of Education of Topeka*, 347 U.S. 483 (1954)

洛文诉弗吉尼亚州案，*Loving v. Virginia*, 388 U.S. 1 (1967)

斯基林诉美国案，*Skilling v. United States* 561 U.S. 358 (2010)

联合公民诉联邦选举委员会案，*Citizens United v. Federal Election Commission*, 558 U.S. 310 (2010)

谢弗林诉自然资源保护协会案，*Chevron U.S.A., Inc. v. NRDC*, 467 U.S. 837 (1984)

斯科特诉桑福德案，*Dred Scott v. Sandford*, 60 U.S. 393 (1857)

普莱西诉弗格森案，*Plessy v. Ferguson*, 163 U.S. 537 (1896)

弗曼诉佐治亚州案，*Furman v. Georgia*, 408 U.S. 238 (1972)

格雷格诉佐治亚州案，*Gregg v. Georgia*, 428 U.S. 153 (1976)

1. Ginsburg, "Speaking in a Judicial Voice," p. 1208.

2. Ibid., p. 1206.

3. Ibid., p. 1207.

4. Ruth Bader Ginsburg, "Inviting Judicial Activism: A 'Liberal' or 'Conservative' Technique?," *Georgia Law Review* 15 (1981): 542.

5. Ibid., p. 544.

6. Ibid., p. 545.

7. Jeffrey Rosen, "Supreme Court, Inc.," *New York Times Magazine*, March 16, 2008, https://www.nytimes.com/2008/03/16/magazine/16supreme-t.html.

8. *Riegel v. Medtronic, Inc.*, 552 U.S. 312 (2008).

9. *Gutierrez-Brizuela v. Lynch*, 834 F.3d 1142 (10th Cir., 2016).

10. Ginsburg, "Inviting Judicial Activism," p. 553.

11. Thomas M. Keck, *The Most Activist Supreme Court in History: The Road to Modern Judicial Conservatism* (Chicago: University of Chicago Press, 2004), p. 251.

十一、"我也是"和一个更完美的同盟

马沙尔诉北莱茵-威斯特法伦州案, *Marschall v. Land Nordrhein-Westfalen*, Case No.C-409/95, (1997) ECR I-6363

加州大学董事会诉巴基案, *Regents of the University of California v. Bakke*, 438 U.S. 265 (1978)

马萨诸塞州人事管理机构诉菲尼案, *Personnel Administrator of Massachusetts v. Feeney*, 442 U.S. 256 (1979)

莱德贝特诉固特异轮胎与橡胶公司案, *Ledbetter v. Goodyear Tire & Rubber Co.*, 550 U.S. 618 (2007)

1. Ruth Bader Ginsburg, "Women's Right to Full Participation in Shaping Society's Course: An Evolving Constitutional Precept," in Betty Justice and Renate Pore, *Toward the Second Decade: The Impact of the Women's Movement on American*

Institutions (Westport, CT: Greenwood Press, 1981), p. 174.

2. Ibid., p. 175.

3. Ibid., p. 174.

4. Catharine A. MacKinnon, *Feminism Unmodified: Discourses on Life and Law* (Cambridge, MA: Harvard University Press, 1987),p. 35.

5. Jeffrey Rosen, "The Book of Ruth," *New Republic*, August 2, 1993.

6. Ginsburg, "Some Thoughts on the 1980's Debate."

7. Ibid., p. 150.

8. Ruth Bader Ginsburg, "Some Thoughts on Benign Classification in the Context of Sex," *Connecticut Law Review* 10 (1978): 825, citing *Leisner v. New York Telephone Co.*, 358 F. Supp. 359 (S.D.N.Y. 1973).

9. Ruth Bader Ginsburg and Deborah Jones Merritt, "Affirmative Action: An International Human Rights Dialogue," *Cardozo Law Review* 21 (1999): 279.

10. Ginsburg, "Women's Right to Full Participation," p. 187.

11. Ginsburg, "Some Thoughts on the 1980's Debate," p. 150.

12. Ibid., p. 146.

十二、玛格丽特·阿特伍德遇见金斯伯格
罗伊诉韦德案，*Roe v. Wade*, 410 U.S. 113 (1973)

莱德贝特诉固特异轮胎与橡胶公司案，*Ledbetter v. Goodyear Tire & Rubber Co.*, 550 U.S. 618 (2007)

通用电气公司诉吉尔伯特案，*General Electric Company v. Gilbert*, 429 U.S. 125 (1976)

计划生育联盟宾夕法尼亚东南分部诉凯西案，*Planned Parenthood of Southeastern Pennsylvania v. Casey*, 505 U.S. 833 (1992)

米兰达诉亚利桑那州案，*Miranda v. Arizona*, 384 U.S. 436 (1966)

内华达州人力资源部诉希布斯案，*Nevada Department of Human Resources v. Hibbs*, 538 U.S. 721 (2003)

联合公民诉联邦选举委员会案，*Citizens United v. Federal Election Commission*, 558 U.S. 310 (2010)

1. Margaret Atwood, "Am I a Bad Feminist?," *Globe and Mail* (Toronto), January 15, 2018, https://www.theglobeandmail.com/opinion/am-i-a-bad-feminist/article37591823/./.

2. Ashifa Kassam, "Margaret Atwood Faces Feminist Backlash on Social Media over #MeToo," *Guardian*, January 15, 2018, https://www.theguardian.com/books/2018/jan/15/margaret-atwood-feminist-backlash-metoo.

十三、英雄的遗产

麦迪逊诉亚拉巴马州案，*Madison v. Alabama*, 586 U.S. ___

(2019)

商务部诉纽约州案，*Department of Commerce v. New York*, 586 U.S. ___ (2019)

鲁乔诉共同事业案，*Rucho v. Common Cause*, 588 U.S. ___ (2019)

甘迪诉美国案，*Gundy v. United States*, 588 U.S. ___ (2019)

美国退伍军人协会诉美国人道主义者协会案，*American Legion v. American Humanist Association*, 588 U.S. ___ (2019)

1. Adam Feldman, "Final Stat Pack for October Term 2018," SCOTUSblog (June 28, 2019), https://www.scotusblog.com/2019/06/final-stat-pack-for-october-term-2018/.

2. Ibid.

译名对照表

（人名部分按姓氏拼音排序）

A

阿利托，塞缪尔·安东尼 Alito, Samuel Anthony, Jr.

阿诺德和波特律师事务所 Arnold & Porter

阿斯彭思想节 Aspen Ideas Festival

阿特伍德，玛格丽特 Atwood, Margaret

埃塞俄比亚锡安科普特教会 Ethiopian Zion Coptic Church

艾克斯，马尔科姆 X, Malcolm

艾伦，弗洛伦斯 Allen, Florence

爱泼斯坦，辛西娅 Epstein, Cynthia

安东尼，苏珊 Anthony, Susan

安然公司 Enron

奥康纳，桑德拉·戴　O'Connor, Sandra Day

《奥兰多》（伍尔夫）　*Orlando* (Woolf)

《奥泰罗》（威尔第）　*Otello* (Verdi)

B

巴比特，布鲁斯　Babbitt, Bruce

巴伯，塞缪尔　Barber, Samuel

《邦联条例》　Articles of Confederation

邦珀斯，戴尔　Bumpers, Dale

《邦珀斯修正案》　Bumpers Amendment

鲍尔斯诉哈德威克案　*Bowers v. Hardwick*

鲍威尔，刘易斯·富兰克林　Powell, Lewis Franklin, Jr.

贝尔，约书亚　Bell, Joshua

比才，乔治　Bizet, Georges

比克尔，亚历山大　Bickel, Alexander

比什库皮奇，琼　Biskupic, Joan

避孕用品　contraceptives

波斯特，戴维　Post, David

伯尔，阿伦　Burr, Aaron

伯格，沃伦·厄尔　Burger, Warren Earl

伯维尔诉好必来公司案　*Burwell v. Hobby Lobby Stores, Inc.*

勃拉姆斯，约翰内斯　Brahms, Johannes

《勃拉姆斯之爱》（音乐专辑）　*For the Love of Brahms*

(album)

博恩，布鲁克斯利 Born, Brooksley

不公正选区划分　gerrymandering

不列颠哥伦比亚大学　University of British Columbia

布坎南，帕特·J.　Buchanan, Pat J.

布莱克门，哈里　Blackmun, Harry

布莱克韦尔，哈洛琳　Blackwell, Harolyn

布兰代斯，路易斯　Brandeis, Louis

布朗诉教育委员会案　*Brown v. Board of Education*

布雷耶，斯蒂芬·杰拉尔德　Breyer, Stephen Gerald

《布里尔利学校夏季简报》*Brearley School Summer Bulletin*

布伦南，威廉·约瑟夫　Brennan, William Joseph, Jr.

布什诉戈尔案　*Bush v. Gore*

C

财政部　Treasury

参议院司法委员会　Senate Judiciary Committee

查菲，泽卡赖亚　Chafee, Zechariah, Jr.

D

达彭特，洛伦佐　Da Ponte, Lorenzo

大都会歌剧院　Metropolitan Opera

《大西洋月刊》　*Atlantic*

《大宪章》 Magna Carta

《待审案件表》 *Docket Sheet*

德尔，艾伦 Derr, Allen

德哈特，简·谢伦 De Hart, Jane Sherron

登克，杰里米 Denk, Jeremy

第 1983 条诉讼 Section 1983 suits

第二次世界大战（二战） World War II

第二修正案 Second Amendment

第二巡回上诉法院 Court of Appeals for the Second Circuit

第九巡回上诉法院 Court of Appeals for the Ninth Circuit

第六修正案 Sixth Amendment

第十九修正案 Nineteenth Amendment

第十三修正案 Thirteenth Amendment

第十四修正案 Fourteenth Amendment

第十五修正案 Fifteenth Amendment

第四修正案 Fourth Amendment

第五巡回上诉法院 Court of Appeals for the Fifth Circuit

第一修正案 First Amendment

《独立宣言》 Declaration of Independence

《对司法权补救违宪立法的一些思考》（金斯伯格） "Some Thoughts on Judicial Authority to Repair Unconstitutional Legislation" (Ginsburg)

《对职业女性的性骚扰》（麦金农） *Sexual Harassment of*

Working Women (MacKinnon)

《对最高法院婚姻状况的反思》(马蒂·金斯伯格)
"Reflections on Supreme Court Spousehood" (Martin Ginsburg)

多伦多《环球邮报》 Toronto *Globe and Mail*

堕胎 abortion

F

法兰克福特，费利克斯 Frankfurter, Felix

法庭之友 friend-of-the-court

法院填塞计划 court-packing plan

反弹 backlash

《防止对妇女施暴法案》 Violence Against Women Act

费尼莫尔美术馆 Fenimore Art Museum

费希尔诉得克萨斯大学案 *Fisher v. University of Texas*

弗吉尼亚军事学校(VMI)案 Virginia Military Institute (VMI) case，亦称 *United States v. Virginia*

弗朗蒂罗诉理查森案 *Frontiero v. Richardson*

弗罗因德，保罗 Freund, Paul

弗曼诉佐治亚州案 *Furman v. Georgia*

佛罗里达州会计委员会 Florida Board of Accountancy

G

甘迪诉美国案 *Gundy v. United States*

冈萨雷斯诉卡哈特案　*Gonzales v. Carhart*

冈瑟，杰拉尔德　Gunther, Gerald

戈德堡，欧文　Goldberg, Irving

戈杜尔迪格诉艾洛案　*Geduldig v. Aiello*

戈萨奇，尼尔　Gorsuch, Neil

哥伦比亚特区诉赫勒案　*District of Columbia v. Heller*

哥伦比亚特区巡回上诉法院　Court of Appeals for the District of Columbia Circuit

格根，戴维　Gergen, David

格雷格诉佐治亚州案　*Gregg v. Georgia*

格里斯沃尔德，欧文　Griswold, Erwin

格林德包恩庄园　Glyndebourne

格赛尔特诉克利里案　*Goesaert v. Cleary*

"隔离但平等"　"separate but equal"

"隔离模式论"　"separate modes thesis"

工作与生活的平衡　work-life balance

公民自由　civil liberties

公益法律基金会　public interest legal foundations

光玻歌剧节　Glimmerglass opera festival

《贵族与仙女》（吉尔伯特和沙利文）　*Iolanthe* (Gilbert and Sullivan)

国际妇女年　International Women's Year

国家宪法中心　National Constitution Center

国务院　State Department

H

哈佛俱乐部　Harvard Club

哈里斯诉麦克雷案　*Harris v. McRae*

哈伦，约翰·马歇尔二世　Harlan, John Marshall, II

哈伦，约翰·马歇尔一世　Harlan, John Marshall, I

《海德修正案》　Hyde Amendment

汉德，勒恩德　Hand, Learned

汉密尔顿，亚历山大　Hamilton, Alexander

《汉密尔顿》（音乐剧）　*Hamilton* (musical)

汉普森，托马斯　Hampson, Thomas

豪斯，托尼　House, Toni

好必来公司案 Hobby Lobby case，亦称 *Burwell v. Hobby Lobby Stores, Inc.*

赫夫斯特德勒，雪莉　Hufstedler, Shirley

亨德尔，乔治·弗里德里希　Handel, George Frideric

《蝴蝶夫人》（普契尼）　*Madama Butterfly* (Puccini)

华盛顿国家歌剧院　Washington National Opera

《华盛顿邮报》　*Washington Post*

怀特，拜伦·雷蒙德　White, Byron Raymond

《怀孕歧视法案》　Pregnancy Discrimination Act

怀孕晚期堕胎禁令　partial-birth abortion bans

环境法　environmental laws
《婚姻保护法》　Defense of Marriage Act (DOMA)
霍林斯沃思诉佩里案　*Hollingsworth v. Perry*
霍姆斯，奥利弗·温德尔　Holmes, Oliver Wendell, Jr.
霍伊特，格温德琳　Hoyt, Gwendolyn
霍伊特诉佛罗里达州案　*Hoyt v. Florida*

J
吉迪恩诉温赖特案　*Gideon v. Wainwright*
吉尔伯特和沙利文　Gilbert and Sullivan
计划生育联盟宾夕法尼亚东南分部诉凯西案　*Planned Parenthood of Southeastern Pennsylvania v. Casey*
《寂静的夜晚》（歌剧）　*Silent Night* (opera)
加拿大皇家空军训练　Royal Canadian Air Force exercises
加州大学董事会诉巴基案　*Regents of the University of California v. Bakke*
加州联邦储蓄与放款协会诉格拉案　*California Federal Savings & Loan Association v. Guerra*
《家庭和医疗休假法案》　Family and Medical Leave Act
贾德，艾什莉　Judd, Ashley
《狡猾的小狐狸》（亚纳切克）*Cunning Little Vixen* (Janacek)
杰伊，约翰　Jay, John
杰作蛋糕店诉科罗拉多州民权委员会案　*Masterpiece*

Cakeshop v. Colorado Civil Rights Commission

《今日美国》 USA Today

金斯伯格，鲁斯·巴德　Ginsburg, Ruth Bader

"谨慎行动" "measured motions"

进步主义时期　Progressive Era

禁止授权原则　nondelegation doctrine

经济立法　economic legislation

K

卡根，埃琳娜　Kagan, Elena

卡梅拉塔合唱团　Camerata Chorus

《卡门》 Carmen

卡尼兹尼克，莎娜　Knizhnik, Shana

卡瓦诺，布雷特　Kavanaugh, Brett

凯尼恩，多萝西　Kenyon, Dorothy

凯撒，迈克尔　Kaiser, Michael

康维茨，米尔顿　Konvitz, Milton

柯蒂斯，本杰明　Curtis, Benjamin

科雷利，弗兰科　Corelli, Franco

科莫，马里奥　Cuomo, Mario

科威特　Kuwait

科学教教徒　Scientologists

科因，玛丽·珍妮　Coyne, Mary Jeanne

克拉克，亨特　Clark, Hunter

克雷格诉博伦案　*Craig v. Boren*

肯尼迪，爱德华　Kennedy, Edward

库珀，詹姆斯·费尼莫尔　Cooper, James Fenimore

库什曼，罗伯特·E.　Cushman, Robert E.

跨种族婚姻　interracial marriage

L

拉茨拉夫诉美国案　*Ratzlaf v. United States*

拉法耶特侯爵　Lafayette, Marquis de

莱德贝特诉固特异轮胎与橡胶公司案　*Ledbetter v. Goodyear Tire and Rubber Company*

赖德，萨莉　Rider, Sally

赖利诉加利福尼亚州案　*Riley v. California*

劳工统计局　Bureau of Labor Statistics

劳伦斯诉得克萨斯州案　*Lawrence v. Texas*

勒瓦尔，皮埃尔　Leval, Pierre

雷丁，萨万娜　Redding, Savana

雷克斯法律数据库　Lexis

冷战　Cold War

里德，理查德·斯基普　Reed, Richard Skip

里德，萨莉　Reed, Sally

里德，塞西尔　Reed, Cecil

里德诉里德案　*Reed v. Reed*

《莉莉·莱德贝特公平薪酬法案》　Lilly Ledbetter Fair Pay Act

联合包裹运送服务公司　United Parcel Service, Inc.

联合公民诉联邦选举委员会案　*Citizens United v. Federal Election Commission*

灵活宪政主义　living constitutionalism

鲁宾,阿尔文　Rubin, Alvin

鲁乔诉共同事业案　*Rucho v. Common Cause*

伦奎斯特,威廉·哈布斯　Rehnquist, William Hubbs

《论单独意见》(金斯伯格)　"Remarks on Writing Separately" (Ginsburg)

罗伯茨,约翰(与首席大法官无关)　Roberts, John (no relation)

罗伯茨,约翰·格洛弗(首席大法官)　Roberts, John Glover., Jr.

罗伯逊,保罗　Robeson, Paul

罗斯,苏珊·德勒　Ross, Susan Deller

罗斯福新政　New Deal

罗辛,汉娜　Rosin, Hanna

罗伊诉韦德案　*Roe v. Wade*

裸身搜查　strip searches

洛克纳诉纽约州案　*Lochner v. New York*

洛文诉弗吉尼亚州案　*Loving v. Virginia*

M

马赫诉罗伊案　*Maher v. Roe*

马里兰州诉金案　*Maryland v. King*

马萨诸塞州人事管理机构诉菲尼案　*Personnel Administrator of Massachusetts v. Feeney*

马沙尔诉北莱茵-威斯特法伦州案　*Marschall v. Land Nordrhein-Westfalen*

马歇尔，瑟古德　Marshall, Thurgood

马歇尔，约翰　Marshall, John

迈克尔斯，帕特里斯　Michaels, Patrice

麦迪逊，詹姆斯　Madison, James

麦迪逊诉亚拉巴马州案　*Madison v. Alabama*

麦金农，凯瑟琳　MacKinnon, Catharine

麦卡伦诉科克利案　*McCullen v. Coakley*

盲选试奏　blind auditions

梅里特，吉尔伯特·斯特劳德　Merritt, Gilbert Stroud

《美国的种族、性别与权力》（希尔和乔丹）　*Race, Gender and Power in America* (Hill and Jordan)

美国法律协会　American Law Institute (ALI)

美国公民自由联盟　American Civil Liberties Union (ACLU)

美国国家环境保护局　Environmental Protection Agency

(EPA)

《美国联邦最高法院判例汇编》 *U.S. Reports*

美国全国妇女组织 National Organization for Women

美国商会 U.S. Chamber of Commerce

美国诉弗吉尼亚州案 *United States v. Virginia*

美国诉卡罗琳产品公司案 *United States v. Carolene Products Co.*

美国诉莫里森案 *United States v. Morrison*

美国诉琼斯案 *United States v. Jones*

美国诉温莎案 *United States v. Windsor*

美国退伍军人协会诉美国人道主义者协会案 *American Legion v. American Humanist Association*

米克瓦，阿布纳 Mikva, Abner

米兰达诉亚利桑那州案 *Miranda v. Arizona*

民粹主义 populism

《民权法案》(1964) Civil Rights Act (1964)

《民权法案》相关案件 Civil Rights Cases

民权运动 civil rights movement

民族同化论 Assimilationism

《名单》(罗森) "List, The" (Rosen)

明尼苏达州最高法院 Minnesota Supreme Court

《命运之力》(威尔第) *Forza del Destino, La* (Verdi)

《魔笛》(莫扎特) *Magic Flute* (Mozart)

莫里茨诉国税局局长案　*Moritz v. Commissioner of Internal Revenue*

莫伊尼汉，丹尼尔·帕特里克　Moynihan, Daniel Patrick

默里，保利　Murray, Pauli

N

《男人的终结》（罗辛）　"End of Men, The" (Rosin)

南北战争修正案　Civil War amendments

内华达州人力资源部诉希布斯案　*Nevada Department of Human Resources v. Hibbs*

《纽约时报杂志》　*New York Times Magazine*

奴隶制　slavery

女权主义　feminism

女权主义法学家　feminist legal scholars

《女人皆如此》（莫扎特）　*Cosi fan tutte* (Mozart)

《女士》杂志　*Ms.* magazine

女性大游行　Women's March

女子高中（费城）　Girls High (Philadelphia)

O

欧洲法院　European Court of Justice

P

帕尔米耶里，埃德蒙·路易斯　Palmieri, Edmund Louis

庞德，罗斯科　Pound, Roscoe

平等保护条款　Equal Protection Clause

《平等报酬法》　Equal Pay Act (1963)

平等的机会　equal opportunity

《平等权利修正案》　Equal Rights Amendment (ERA)

《平价医疗法案》　Affordable Care Act (ACA)

平权辩护　equal rights advocacy

平权行动　affirmative action

普莱斯，蕾昂泰茵　Price, Leontyne

普莱西诉弗格森案　*Plessy v. Ferguson*

普契尼，贾科莫　Puccini, Giacomo

Q

乔丹，艾玛　Jordan, Emma

乔治敦大学　Georgetown

全国独立企业联盟诉西贝利厄斯案　*National Federation of Independent Business v. Sebelius*

全国有色人种协进会法律辩护基金会　NAACP Legal Defense Fund

全男性招生政策　all-male admissions

却伯，劳伦斯　Tribe, Laurence

R

《人权法案》 Bill of Rights

《人物》杂志 *People* magazine

日托机构 daycare

瑞典家庭政策委员会 Swedish Commission on Family Policy

S

萨福德联合学区诉雷丁案 *Safford Unified School District #1 v. Redding*

森图姆，埃莉诺 Suntum, Eleanor

《沙皇的新娘》 *Tsar's Bride*

山区各州法律基金会 Mountain States Legal Foundation

商务部诉纽约州案 *Department of Commerce v. New York*

商业条款 Commerce Clause

上诉法院 Courts of Appeals

少数方 minorities

社会保障 Social Security

生命权运动 Right to Life movement

"声名狼藉的R.B.G."（博客） *Notorious R.B.G.* (blog)

《声名狼藉的RBG之歌》（声乐套曲） *Notorious RBG in Song* (song cycle)

食品和药物管理局 Food and Drug Administration (FDA)

史蒂文斯，约翰·保罗　Stevens, John Paul

史密斯诉无名氏案　*Smith v. Doe*

《使女的故事》(阿特伍德)　*Handmaid's Tale, The* (Atwood)

世纪协会　Century Association

是松诉美国案　*Korematsu v. United States*

收入不平等　income inequality

手机搜查　cell phone searches

双重追诉　double jeopardy

"司法参与"　"judicial engagement"

司法克制　judicial restraint

司法能动主义　judicial activism

司法最低限度主义　judicial minimalism

斯基林诉美国案　*Skilling v. United States*

斯卡利亚，安东尼　Scalia, Antonin

《斯卡利亚/金斯伯格》(王)　*Scalia/Ginsburg* (Wang)

斯卡利亚，莫琳　Scalia, Maureen

斯科特诉桑福德案　*Dred Scott v. Sandford*

斯奈德诉菲尔普斯案　*Snyder v. Phelps*

斯坦伯格诉卡哈特案　*Stenberg v. Carhart*

斯特拉，安托瓦内塔　Stella, Antoinetta

斯特拉克诉国防部长案　*Struck v. Secretary of Defense*

斯通，哈伦·菲斯克　Stone, Harlan Fiske

斯图尔特，波特　Stewart, Potter

四大自由　Four Freedoms

苏特，戴维·哈克特　Souter, David Hackett

索托马约尔，索尼娅　Sotomayor, Sonia

索文，迈克尔　Sovern, Michael

T

塔克，理查德　Tucker, Richard

塔姆，爱德华　Tamm, Edward

太平洋法律基金会　Pacific Legal Foundation

泰勒诉路易斯安那州案　*Taylor v. Louisiana*

弹性工作时间　flextime

坦纳，黛博拉　Tannen, Deborah

《唐·乔瓦尼》（莫扎特）　*Don Giovanni* (Mozart)

陶布曼，霍华德　Taubman, Howard

特朗普诉夏威夷州案　*Trump v. Hawaii*

通过司法手段废止法律　judicial invalidation of laws

通用电气公司诉吉尔伯特案　*General Electric Company v. Gilbert*

《投票权法案》　Voting Rights Act

托马斯，埃文　Thomas, Evan

托马斯，克拉伦斯　Thomas, Clarence

托马斯，马洛　Thomas, Marlo

托滕伯格，尼娜　Totenberg, Nina

W

万律法律数据库　Westlaw

万斯，詹姆斯·戴维　Vance, James David

王，德里克　Wang, Derrick

威廉，戴维　Wilhelm, David

韦尔什诉美国案　*Welsh v. United States*

韦斯特伯勒浸信会　Westboro Baptist Church

维森菲尔德，杰森　Wiesenfeld, Jason

维森菲尔德，斯蒂芬　Wiesenfeld, Stephen

温伯格诉维森菲尔德案　*Weinberger v. Wiesenfeld*

温斯坦，哈维　Weinstein, Harvey

《我是个坏女权主义者吗？》（阿特伍德）　"Am I a Bad Feminist?" (Atwood)

"我也是"运动　#MeToo movement

沃伦，伦纳德　Warren, Leonard

沃伦法院　Warren Court

沃奇海默诉费城地区学校案　*Vorchheimer v. School District of Philadelphia*

无意识偏见　unconscious bias

X

西北奥斯汀第一市政事业区诉霍尔德案　*Northwest Austin*

Municipal Utility District No. One v. Holder

希尔，安妮塔　Hill, Anita

《宪法对我意味着什么》（西拉科）　*What the Constitution Means to Me* (Schreck)

宪法司法化　constitutional adjudication

乡土美洲教会　Native American Church

《乡下人的悲歌》（万斯）　*Hillbilly Elegy* (Vance)

销售税案　sales tax cases

协同意见　concurring opinion

谢尔比县诉霍尔德案　*Shelby County v. Holder*

谢弗林诉自然资源保护协会案　*Chevron U.S.A., Inc. v. Natural Resources Defense Council Inc.*

谢皮，切萨雷　Siepi, Cesare

《新共和》　*New Republic*

薪酬歧视　pay discrimination

行政机构　administrative agencies

性别刻板印象　gender stereotypes

性别平等　gender equality

性别歧视　gender discrimination

《性别为本》（电影）　*On the Basis of Sex* (film)

性犯罪者登记　sex offender registration

性骚扰　sexual harassment

休斯，查尔斯·埃文斯　Hughes, Charles Evans

选民身份证法　voter ID laws

Y
亚当斯，约翰　Adams, John
亚纳切克，莱奥什　Janacek, Leos
言论自由　freedom of speech
杨诉联合包裹运送服务公司案　*Young v. United Parcel Service, Inc.*
耶和华见证会　Jehovah's Witnesses
伊巴涅斯诉佛罗里达商业和职业监管部案　*Ibanez v. Florida Department of Business and Professional Regulation*
伊克斯，哈罗德　Ickes, Harold
伊拉克战争　Iraq War
伊瑟利斯，史蒂文　Isserlis, Steven
医疗补助　Medicaid
《以司法之声言说》（金斯伯格的麦迪逊演讲）　"Speaking in a Judicial Voice" (Ginsburg Madison Lecture)
《异见时刻："声名狼藉"的金斯伯格大法官》（卡尼兹尼克和卡蒙）　*Notorious RBG* (Knizhnik and Carmon)
《引入司法能动主义：一种"自由"还是"保守"的技术？》（金斯伯格）　"Inviting Judicial Activism: A 'Liberal' or 'Conservative' Technique?" (Ginsburg)
印第安人　Native American

优素福扎伊，马拉拉　Yousafzai, Malala

《游吟诗人》（威尔第）　*Trovatore* (Verdi)

育儿　child rearing

育婴假　parental leave

原旨主义　originalism

约翰逊，布莱恩特　Johnson, Bryant

约翰逊，林登·贝恩斯　Johnson, Lyndon Baines

Z

《朝9晚5谈话录》（坦纳）　*Talking from 9 to 5* (Tannen)

正当法律程序　due process

政教分离　separation of church and state

中佛罗里达大学　University of Central Florida

中心高中（费城）　Central High School (Philadelphia)

种族隔离　racial segregation

种族歧视　racial discrimination

众议院非美活动调查委员会　House Un-American Activities Committee

州法院　state courts

州立法机构　state legislatures

《自由地成为……你和我》（音乐专辑）　*Free to Be ... You and Me* (album)

自由意志主义　libertarianism

宗教自由　religious liberty

《最高大厨》（马蒂·金斯伯格）　*Chef Supreme* (Martin Ginsburg)

最高法院　Supreme Court

《最后的莫希干人》（库珀）　*Last of the Mohicans, The* (Cooper)

致谢

我敬爱的母亲埃斯特尔·罗森于2019年1月27日去世。一周后,金斯伯格大法官递给我一张手写的便条,也就是本书卷首语中引用的那段话。金斯伯格大法官说得很对,我母亲的确是下定了决心,要在有生之年的挑战和快乐中茁壮成长。

埃斯特尔·罗森就是一股自然之力。她会和大自然交流——从孩提时代起,她就会给小鸟、蘑菇、绿植和鲜花命名,这种非凡的能力给每一个见过她的人都留下了深刻印象。她透过自身宽宏的性格充分地体现出了这股自然之力——她对生活的热忱,她凭借音乐、阅读、歌唱和舞蹈培养自身个性的事例,以及她对于终身学习的激情都激励了家人和她所遇到的每一个人,让他们也成了充满激情的终身学习者。

就像金斯伯格大法官一样,我母亲也是在1933年出生于布鲁克林,只比大法官小一个月。20世纪初,她的母亲伯莎·沃林斯基·卡森伯格和父亲约瑟夫·卡森伯格连同家人一起从叶卡捷琳诺斯拉夫和比萨拉比亚*的反犹大屠杀中逃脱,此后他们前往美国,投奔自由,在抵达纽约市的埃利斯岛†时,她还是个孩子。母亲成长于布朗克斯区,在纽约植物园和布朗克斯动物园附近的公立学校里初露锋芒。高中时,母亲获得了一次最佳英语学习者奖。根据她的高中年鉴,她的志向是和现代舞领域的毕加索——玛莎·格雷厄姆‡共舞。翌年,她从哈勒姆区的城市学院乘地铁到格雷厄姆设在百老汇的小工作室学习,由此实现了这一雄心壮志。从格雷厄姆及移民双亲那里,母亲汲取了一些她此后将会传递给孩子们的价值观:热衷于书籍和音乐的重要性,以及专注的自律和实践的重要性,这些使得我们每个人都能表现出自己独特的生命力和个性。

在城市学院完成英语和人类学的学业之后,她进入了哥伦比亚大学社会工作学院,并在那里发展出了一项家庭治疗方面的专长。作为一名成就卓著的家庭治疗师,她在

---

* 沙皇俄国地名。
† 埃利斯岛,美国上纽约湾的一个小岛,1892至1943年间是美国的移民检查站。
‡ 玛莎·格雷厄姆,美国舞蹈家和编舞家,也是现代舞的创始人之一。

私人诊所和犹太家庭与儿童服务委员会工作了60多年，负责教导和管理其他家庭治疗师。她的咨询和教学工作对其他人的生活产生了极大影响。她和我父亲西德尼·罗森博士结婚56年，他们先后居住在纽约市和纽约州索格蒂斯，在索格蒂斯，她和她热爱的大自然融为了一体。她对生活的热忱，以及培养自身理性与激情的强大决心，是她赠予热爱她的家人的礼物。

当金斯伯格大法官表示支持撰写和出版本书时，母亲和我一样兴奋，我对大法官抽出时间审阅这份手稿的感激之情无以言表。金斯伯格大法官在很多层面上都是一位相当励志的人物，包括如何过上美好的生活——一种相当专注且自制的生活，一种致力于他人福祉的生活。金斯伯格大法官在她所做的每一件事情上都体现出了这种激励人心的自制，体现出了温暖和对他人的关怀，包括我们就这一专题进行交流期间也是如此。她是一位非常用心的文字编辑，而且从不拖稿，她表达自身期望的清晰度和速度，以及她将一天中的每一刻都用于高效工作或赏乐休闲的决心，无时无刻不在激励我，而我也同样期望这些品质能激励读者。她作为开拓性的辩护律师、法官和最高法院大法官所作的努力实乃吾人之福，用她的话说："'我们合众国人民'这一概念已经变得越来越包容兼蓄。"无论是在个人层面还是宪法层面，她都是一个英雄。

我很幸运，第三次在保罗·戈洛布的帮助下完成了一本排期相当紧的小册子，他是一位了不起的编辑和好友。保罗认为这本书是围绕共同的主题组织起来的一系列对话。一如既往，他熟练地对内容进行加工整理，力求明晰，并友好而坚决地守住时限。我还要感谢保罗的助手菲奥拉·埃尔伯斯-蒂比茨，她帮我们迅速完成了书稿的制作，同时也要感谢我的经纪人雷夫·萨加林，他在与保罗的对话中帮我打造出了本书。在国家宪法中心，我的同事——宪法内容主管拉娜·乌尔里克帮我准备了打印稿，也校对了手稿，并检查了所有脚注。我很感谢她，也感谢我在国家宪法中心的所有优秀同事。他们让我感到幸运，因为我们每天的工作都肩负着一项共同使命，那就是激励各个年龄层的美国人来更多地了解美国宪法，而金斯伯格大法官也为塑造美国宪法付出了诸多努力。

西德尼·罗森，我那睿智而善良的父亲，他是一位精神病医师、专家，也是很多病人心目中的圣人。在我还在完善本书之时，他也以 93 岁的高龄完成了自己的著作。在和父亲一起为他那份精彩的手稿——《理解埃里克森催眠疗法：西德尼·罗森作品选》撰写引言的过程中，我对于想象力改变现实的力量有了相当多的了解。我心爱的儿子雨果·罗森和塞巴斯蒂安·罗森也同样励志，他们沉浸于音乐、运动、阅读和激烈的辩论之中，并由此滋养了自己的头脑、身体和天赋。

我的爱妻劳伦·科伊尔·罗森逐字读完了手稿，而且在其结构、细节和流畅性方面做了极大改善。我每天都会被她的才华和创造力所折服,能有机会和她共同学习,把我们共享的闲暇时间投入到阅读和音乐之中,同时促进心灵和智识的成长,我对此感激不尽。

图书在版编目（CIP）数据

金斯伯格访谈录：RBG 给未来世代的声音／（美）杰弗里·罗森（Jeffrey Rosen）著；李磊译. -- 北京：外语教学与研究出版社，2021.7（2022.7 重印）

书名原文：Conversations with RBG: Ruth Bader Ginsburg on Life, Love, Liberty, and Law

ISBN 978-7-5213-2887-5

Ⅰ. ①金… Ⅱ. ①杰… ②李… Ⅲ. ①传记文学－美国－现代 Ⅳ. ①I712.55

中国版本图书馆 CIP 数据核字（2021）第 183993 号

出 版 人	王　芳
策 划 人	方雨辰
项目统筹	张　颖
特约编辑	lobby
责任编辑	徐晓雨
责任校对	黄雅思
装帧设计	高　熹
出版发行	外语教学与研究出版社
社　　址	北京市西三环北路 19 号（100089）
网　　址	http://www.fltrp.com
印　　刷	山东临沂新华印刷物流集团有限责任公司
开　　本	787×1092　1/32
印　　张	9.25
版　　次	2021 年 9 月第 1 版　2022 年 7 月第 2 次印刷
书　　号	ISBN 978-7-5213-2887-5
定　　价	59.00 元

购书咨询：（010）88819926　电子邮箱：club@fltrp.com
外研书店：https://waiyants.tmall.com
凡印刷、装订质量问题，请联系我社印制部
联系电话：（010）61207896　电子邮箱：zhijian@fltrp.com
凡侵权、盗版书籍线索，请联系我社法律事务部
举报电话：（010）88817519　电子邮箱：banquan@fltrp.com
物料号：328870001

CONVERSATIONS WITH RBG: Ruth Bader
Ginsburg on Life, Love, Liberty, and Law
by Jeffrey Rosen
Copyright © 2019 by Jeffrey Rosen